KB266019

30대 백수,
작가 케스트에 입장하십니다

1인분 몫을 위한 처절한 사투

30대 백수,
작가 퀘스트에 입장하십니다

이다희 지음

반니

글로 먹고살기로 결심

누군가 나에게 직업을 물었을 때, 턱을 꼿꼿이 세우며 아주 당당하게 "나 글 쓰는 사람이오!"라고 말할 수 있다면 얼마나 좋을까. 오로지 '글'로 돈을 벌어 생계를 유지하고, 더 나아가 남편에게 맛있는 요리와 명품 시계를 선물할 수 있다면 얼마나 기쁠까!

이런 막연한 바람과 함께, 30대가 되어서야 나는 드디어 진정한 꿈을 찾았다. 지난 1년은 나 스스로를 향한 물음으로 시작되었다.

대학을 졸업할 즈음, 그 어린 20대 중반의 나는 그간 나 자신에 대해 꽤 많이 탐구했다고 생각했지만, 사실 '일'과 관련

해서는 아무것도 모르는 무지렁이였다. 그저 여행만 실컷 다니고 친구들과 놀기에 바빴으니 어쩌면 그런 게 당연했다. 내가 무슨 일을 할 때 행복한지, 내가 무슨 일을 잘하고 또 어떤 일이 나에게 잘 맞는지 깊이 고민해본 적이 없었다. 그래서 멋모르고 선택한 직업이 공무원이었다. '잘 맞겠지, 뭐. 안정적이라잖아?' 단지 이 정도 가벼운 생각으로 나 자신을 공무원 세계로 밀어 넣었다.

하지만 출근 첫날부터 정신이 아득했다. '평생 이 일을 해야 해? 앞으로 계속 같은 시간에 출근하고 퇴근하면서 같은 일을 하며 살아야 해? 내 일도 아닌데, 시키는 일만 하면서?'

시험 과목 중에 행정학이 있었기에 공무원 조직이 어떻고 각각의 공무원이 무슨 일을 하는지, 또 피라미드 모양의 진급 체계까지도 낱낱이 공부하고 암기한 나였다. 그러니 머리로는 이미 알고 있었다. 하지만 답을 맞히기 위해 그저 글로 읽는 것과 실제 겪는 것 사이에는 엄청난 차이가 있었다.

나는 뭘 좋아하는 사람일까

출근 첫날 깨달아버린 것이다, 내가 '정석적으로 회사에 다니는 삶'에 취약한 인간이라는 것을. 그 취약함이 어느 정도였냐면, 가만히 있기만 해도 월급을 따박따박 받을 수 있는 그 자리에 앉아 있던 나에게 전혀 미래가 없다고 느낄 정도, 빛이라고는 한 점 없이 단지 새까만 어둠만이 가득한 정도, 심하게는 살아갈 희망이나 의미가 없다고 느껴 숨이 턱턱 막히는 정도…. 나는 그런 인간이었다.

물론 타고난 소수를 제외하고 누가 회사라는 걸 막 좋아하겠냐마는, 나는 그걸 아예 못 견딜 정도였으니 단순히 의지만으로 버틸 수는 없는 일이었다. 당시에 나는 자신이 참 책임감이 없다고 여겼는데, 지금 돌아보면 그 생각이 틀린 것이었다. 그때 그렇게 빨리 그만두지 않았더라도 나는 결국 언젠가는 반드시 도망쳤을 것이다. 그게 내 살길이었으니까.

그 후 나는 '내 일'을 찾아 방황했다. 모험이라는 알록달록한 가면을 쓴 그 과정은 절대 쉽지 않았고, 몹시도 길었다. 이제껏 안 해본 게 없다고 말해도 좋을 정도다. '내가 뭘 좋아하지? 좋아하는 걸 어떻게 찾을 수 있지?' 매일 자문했고, '좋아하는 일을 찾는 법'을 주제로 한 영상을 모조리 섭렵한 후 그 안에 담긴 것들을 모두 따라 해봤다.

그럼에도 쉽지는 않았다. '아, 이건가? 내가 이거 좋아하나?' 아지랑이처럼 희끄무레한 확신만이 눈앞에서 얼쩡거리기만 할 뿐. '아! 이거야! 이거 내 일이야!' 하는 일은 없었다는 말이다.

그렇게 어렴풋이 좋아하는 것들을 하면서 남편과 함께 세계 곳곳을 방랑하듯 살았다. 어렴풋하긴 해도 어쨌든 좋아하기는 한 것들에 온통 둘러싸여 살고 있었으니 그런대로 만족했다. 분명 만족은 했는데, 어느 순간부터 숨통이 다시 조이기 시작했다. 그렇게나 오래 방황했음에도 아직도 그놈의 '내 일'을 못 찾았다는 답답함에서 기인한 감정이었다.

그리고 나와 남편의 네 번째 모험지인 폴란드에 오고 얼마 지나지 않아 나는 '내 일'의 실마리를 잡을 수 있었다. 그걸 찾으려 아주 열심히 발품을 판 내 노력이 무색하게도 그 계기는 무척이나 사소했다.

그건 바로, 산책 중에 남편이 건넨 한마디였다.

"다희, 소설을 한번 써보는 게 어때?"

나한테 2년만 줘, 딱 2년만

몹시도 사소한 남편의 제안을 기점으로, 내 인생은 완전히 뒤집어졌다. 천지가 개벽할 정도랄까. 오랫동안 찾아 헤매던 내

일을 찾아버린 것이다.

'아! 이거다! 이거, 내 일이야!'

나는 속으로 비명을 질렀다. 그 기쁨은 꽤 컸지만, 마음껏 밖으로 분출해버리면 열정이든 흥분이든, 아이디어든 뭐든 바스스 사라져버릴까 봐 그냥 목구멍 안으로 꿀꺽 삼켰다. 그만큼 소중하다고 느꼈다.

"나한테 2년만 줘. 딱 2년만."

남편에게 말했다, 2년만 달라고. 1년도 아니고 3년도 아닌 웬 2년? 약간 애매한 숫자는 의문을 품기에 딱 좋다. 예전에 공무원시험을 준비하기 시작할 때 난 '딱 1년 안에 끝내고 나온다'고 다짐했다. 그리고 그 기간에 거의 맞췄다. 그런데 막상 해보니, 1년이라는 시간은 상당히 짧았다. 만약 내가 9급이 아니라 7급을 준비했더라면 1년 안에 합격하지는 못했을 것이다. 그러지 않아도 소설은 나에게 미지의 세계인데, 본격적으로 하려면 아무래도 1년은 부족하겠다 싶었다.

그러나 3년은 또 너무 길었다. "3년만 줘!"는 마치 "나 천천히 할 거야. 게으를 거야!"라고 선언하는 것과 다름없다고 생각했다. 그래서 나온 타협안이 2년이었다. 짧지도 길지도 않은 2년이라는 시간 동안 어떻게든 승부를 내보겠다고 결심했다. 그렇게 나는 오로지 글만 쓸 수 있는 2년을 얻었다.

‘몰라, 일단 해’ 정신으로 무장한 30대 무경력 유부녀가 ‘작가’가 되어가는 방구석 고군분투기는 이렇게 시작되었다. 자책과 좌절, 그 속에서 간간이 피어오르는 희열과 쾌락… 온갖 감정의 롤러코스터를 오르내리며 진정한 자아를 찾아나가는 이의 원맨쇼가 궁금하다면, 지금 바로 책장을 넘겨주시길!

퀘스트1

무수입 백수의 꿈

‘나는 진짜 뭐 하는 인간일까…’

나는 죽어가고 있었다. 돈 한 푼 벌지 못하는, 말 그대로 ‘무수입’의 기간이 생각보다 훨씬 더 길어지고 있었다. 그 탓에 온 마음이 죄책감으로 까맣게 뒤덮인 상태였다. ‘아, 돈을 벌어야 하는데. 조금이라도 벌긴 해야 하는데…’ 나도 모르는 사이에 다리를 덜덜 떨고, 손톱을 까득까득 깨물고 있었다. 출근하는 남편을 배웅할 때 입가에 걸었던 약간의 미소는, 문이 닫힘과 동시에 싹 사라졌다. 불안했다. 물론 처음에는 이러지 않았다.

‘어쩔 수 없지, 내 상황이 이런 걸. 뭐, 어떡하겠어.’

당시 나는 해외 취업한 남편과 함께 폴란드에 머물고 있었다. 내 여권에 붙은 배우자 비자로는 공식적인 취업이 불가능하고 그저 체류만 가능했기에 어쩔 수 없는 상황이라고 여겼다. '내가 지금 이러고 있는 건 비자 때문이야. 환경 탓이니 일단은 어쩔 수 없지.' 충분히 예견한 상황이어서 처음에는 그런 마음가짐을 유지할 수 있었다. 그래도 괜찮았다. 하지만 한 달, 석 달, 여섯 달… 시간이 점점 지날수록 머릿속에 뿌연 안개가 끼기 시작했다.

바르샤바에 온 게 2023년 6월인데, 달력은 어느새 2024년 1월로 넘어갔다. 나는 매일 월간 계획표 앞에서 동태 눈깔처럼 멍한 눈동자만 깜빡거렸다. 동글동글한 폰트로 인쇄된 '1월' 위에 의미 없는 그림만 그리다가 문득 그 옆에 '돈'이라는 글자를 적었다. 200, 100, 80, 50…. 그 달의 목표였다. 매달 비슷한 목표를 세웠다.

'딱 100만 원만. 아니, 50만 원. 아니야, 아니야. 그래도 80만 원 정도는…?'

많은 걸 바란 게 아니었다. 내가 원한 건 그저, 1인분의 몫을 해내는 것. 고작 그뿐이었다. 그런데 그게 쉽지 않았다.

애초에 지키기가 어려운 선택지였다. 나의 '1인분의 몫'에는 까다로운 조건 하나가 붙어 있었으니까. 바로 그 몫을 '좋아하는 일'로 채우는 것. 아니, 단순히 좋아함을 넘어서 몹시도 신나고 생각만 해도 가슴이 벌렁벌렁 뛰며, 얼른 그걸 하고 싶어서 쉽게 잠들지도 못하고 잠이 들어도 일찍 깨버리는 그런 일.

'대체 무슨 헛소리야? 1인분이든 2인분이든 0.5인분이든, 인간의 몫을 해내려면 크게 재고 따지는 것 없이 뭐라도 해야 할 거 아냐. 세상이 만만해? 배가 불렀네. 배가 불렀어.'

반드시 좋아하는 일로 돈을 벌겠다니. 혹자는 세상 물정 모르는 내 철없음에 질타를 보낼지도 모르겠다. 하지만 나에게는 그럴 만한 내외부적 사정이 있었다.

해외로 도망친 철없는 신혼부부

첫 번째는 외부적 요인. 일반적인 방법으로 돈을 벌고 싶었지만 환경적으로 불가능했다.

나와 남편은 2019년에 결혼식을 올렸다. 1993년생으로 동갑인 우리가 다소 이른 나이인 만 25세에 결혼한 것에는 복합적인 이유가 있긴 했지만, 그중 제법 중요한 지분을 차지하는 게 바로 '해외살이'였다. 단지 '연인'으로는 조금 뭣하니, 정식 부부로 떳떳하게 국외로 나가 지내자고 했고, 그렇게 결혼했다.

결혼식을 마치자마자 우리는 해외로 떠나기 위해 준비했

다. 1년 전 공무원을 관둔 나와, 이제 공무원을 그만둘 남편. 당당히 공무원을 그만둔 부부가 되어 미지의 세계로 떠날 참이었다. 그러나 코로나19라는 전혀 예상치도 못한 사태가 벌어지면서 우리는 신혼 2년을 꼼짝없이 한국에서 보내야 했다.

긴 기다림 끝에 사태가 잠잠해질 무렵, 우리는 기다렸다는 듯 총알처럼 해외로 튀어나갔다. 그게 2021년이었다.

그 후 2023년까지 아일랜드와 호주, 그리고 말레이시아를 거쳐 무작정 해외살이를 지냈다. 그저 즐겁고 설레며 재밌기만 한 생활은 결코 아니었다. 3년이 채 안 되는 이야기를 담은 나의 첫 에세이 『해외로 도망친 철없는 신혼부부』는 '안타까울 정도로 몹시 현실적'이라는 평을 받았으니, 말 다했다.

폴란드에 가기 전 이미 3년 정도의 해외 생활 전적이 있던지라, 그곳이 딱히 우리에게 미지의 세계는 아니었다는 말이다. 그런데 폴란드는 이전 국가들과는 제법 차이가 있었다. 일단 내가 일을 구할 수 없는 비자부터가 그랬다. 영어권 국가인 아일랜드와 호주에서는 어렵지 않게 아르바이트 자리를 구했으나 폴란드에서는 그마저 여의치 않았다. 자국 언어인 폴란드어를 사용하기에 영어만으로는 카페나 레스토랑에서의 자투리 일도 구하기 어려웠다. 설령 구한다 하더라도 내가 살아본 영어권 국가들과 달리 시급이 너무 낮았다. 일하며 심신의 스트레스를 받을 바에야 차라리 그 시간에 한 글자라도 더 쓰고 말겠다는 결론에 이르렀다.

두 번째는 내부적 요인. 즉, 환경과는 무관한 나의 의지가 문제였다.

방랑하듯 사는 내게 약간 독특하다 할 만한 이력은 바로 '6개월짜리 공무원'이다. 1년 공부해서 얻은 안정적인 직업을 그만둔 이유는 단순했다. 죽을 것 같아서. 6개월이라는 시간은 객관적으로 볼 때 몹시도 짧은 기간이겠지만, 내게는 아니었다. 나는 그것도 겨우겨우, 꾸역꾸역 버텼다.

내게 맞는 일을 찾고 싶었다. 분명 내가 이 세상에, 이 한 몸뚱이를 가지고 태어났는데, 내재된 재능이나 천직 따위가 꼭 하나쯤은 있으리라 생각했다. 나와 결이 꼭 맞는, 퍼즐을 딱 맞춘 것 같은 그런 일이 반드시 하나쯤은 있으리라 믿었다. '있어, 있어야 해. 난 그걸 찾아야 하고.' 스스로에게 주문을 거는 셀프 세뇌를 반복했다.

글쓰기는 원래 재미없었다

공무원을 그만둔 후 용돈벌이 수준의 자잘한 일들만 하

면서도 겉으로는 "난 이런 사람이야. 난 내 일을 해야 해" 말하며 쾌녀인 척 웃었다. 하지만 속으로는 어쩔 수 없는 죄책감에 스스로를 책망했다. 단순히 욕하고 때리고 짓씹는 정도가 아니었다. 그건 아마 자책을 넘어 저주에 가까운 행위였겠다.

'왜 못 해? 왜 못 버텨? 누구는 회사 좋아서 다녀? 다들 먹고살려고 싫어도 억지로 다니는 거지. 그게 책임감이라는 거야. 넌 왜 책임감이 없어? 왜 살아, 그럴 거면.'

남들에게는 절대 하지 않을, 못되고 못된 말을 나 자신에게 끝없이 뱉으면서도 나는 앞으로 나아갈 줄 몰랐다. 제자리였다. 공무원을 그만두며 다시는 조직으로 들어가지 않겠다는 단단한 다짐 아래 그어놓은 선, 그 밖으로 나가지 않았다.

'분명 내 일이 있어. 나와 꼭 맞는, 내가 해야만 하는 일이 있다고.' 믿는 신도 종교도 없으나 혹여 진짜 창조주라는 존재가 있다면, 그이가 내 숨을 불어넣을 때 함께 넣어준 '직업'이 분명 있을 것이라고 나는 굳게 믿었다.

어렴풋한 희망이라도 놓고 싶지 않았다. 철철 울면서 빠져나온 그 어둠속으로 다시 기어들어가고 싶지 않았다. 나는 반드시 '결국 찾아낸 좋아하는 일로 1인분의 몫을 감당하는 삶'을 만들어야 했다. 그건 내 사명과도 같았다. 그러나 삶은 만만하지 않았고, 나름 발버둥 치며 열심히 살았지만 생각처럼 곱게 흘러가지 않았다.

집에서 노는 것처럼 보였는지, 양가 부모님이 간혹 물으셨다. "공무원 그만둔 거, 후회하진 않니?" 나와 남편은 서로 질세라 "절대 후회하지 않는다"는 답을 즉시 내놓았다. 한 치의 거짓도 없는 진심이었다. 좋아하는 것은 명확하지 않아도 싫어하는 것만은 분명하게 걸러낼 수 있었으므로.

'그럼 좋아하는 일은 대체 뭔데? 언제까지 찾기만 할 건데? 공무원 팩 관두고, 해외로 팩 나가버렸으면서 아직도 그놈의 좋아하는 일을 못 찾았어?' 나는 매일 수십 번도 더 자문자답하곤 했는데, 그러면서 엉겁결에 인생을 되돌아보게 되었다.

나는 여태 무엇을 했나. 가시적인 성과라면 출간 아닐까. 해외살이를 담은 책을 냈고, 연애, 결혼, 여행 등을 주제로 한 연재물 집필을 제안 받아 몇몇 플랫폼에 유료로 기고하기도 했다. 공무원을 그만둘 때부터 나름 성실히 운영해온 블로그에 지금도 거의 매일 글을 쓰고 있다.

그러고 보니 자의 반 타의 반으로 계속 무언가를 써왔다. 대학도 수시 논술 전형으로 들어갔으니, 어쨌든 '글'이 내 결일지도 모르겠다고 생각했다.

그런데 문제는 글쓰기가 재미없다는 거였다.

나 스스로 만든 감옥 속에서

처음 에세이를 쓸 때는 사실 '재미'보다는 '출간, 기록, 성취' 이런 결과적 요소들에 초점을 뒀다. 그 뒤로도 에세이 원고를 써보려 했지만 쉽지 않았다. 의지보다 몸이 더 빨리 지친 탓이었다.

유료 연재는 더 심했다. "아, 마감이야…." 기회가 주어진 것에 감사하다는 절을 매일 올리지는 못할망정, 매주 이 말을 입에 달고 살았다. 그럴 때마다 남편은 픽 웃으며 내 등을 토닥였다. "다희, 힘들면 안 해도 돼. 돈은 내가 벌잖아" 하면서. 그러나 계약한 이상, 세상이 무너져도 마감은 지켜야 했다. 마감 전 일주일을 기점으로 세이브 원고를 몇 개씩 만들어두며 철저히 시간을 지켜냈다. 하지만 역시 신이 나지는 않았다. 거의 '꾸역꾸역'에 가까웠다.

그나마 애정하는 블로그 운영이 재밌긴 했다. 그래서 매일 글을 썼다. 사실 블로그 포스팅 원고가 제대로 된 글이냐고 묻는다면 "그렇다!"고 자신 있게 말할 수는 없었다. 진지한 내용이라기보다는 일상의 기록이나 유럽 여행기를 짧고 빠르게 쳐낸 가벼운 메모에 가까웠기 때문이다.

나는 신나는 일을 찾고 싶었다. '아, 너무너무 재밌어. 너무

너무 신나.' '눈 뜨고 감을 때까지 이것만 하고 싶어.' '나 평생 이거 할 거야. 아무도 나를 말릴 수 없어.' 이런 일 말이다.

첫 책을 쓸 적에 나는 그 일이 바로 내가 찾던 '신나는 일'이라고 생각했다. 그래서 글쓰기를 지속했는데, 전혀 재밌지 않았다. 아무렴 일인데, 그놈의 재미만을 찾는 게 말이 안 되긴 했다. 하지만 역시 나는 '죽고 못 사는' 그런 일을 찾고 싶었다. 애초에 공무원을 그만두고 해외로 나온 최초의 목적이 그것이었으므로.

그렇게 여기까지 왔다. 재미도 없고, 마땅히 돈도 벌지 못하는 나날들이 무심히 흘러갔다. 어느 순간부터 1인분의 몫을, 살아 숨 쉬는 누구나 마땅히 해내는 그 단순한 일을 해내지 못하고 있다는 사실이 숨통을 꽉 조였다. 실낱같은 빛 하나 비치지 않는 깜깜한 현실은 바위가 되어 내 머리를 짓누르고, 족쇄가 되어 내 발목을 끝도 없이 아래로 끌어당겼다. 그 무게에 저항할 수도, 으랏차 힘을 낼 수도 없었다. 너무도 강력해 반항할 수도 없었거니와 내게는 그럴 만한 의지도 없었다. 은연중에 생각하고 있었는지도 모른다.

역시 내가 '좋아하는 일'이니 '꿈'이니 찾겠다며 존재하지도 않는 허상을 좇고, 그러면서 남들처럼 인생을 진지하게 대하는 걸 거부해 결국 이 꼴이 났다고. 지금 나는 벌을 받는 것이

라고. '나이 서른에 1인분의 삶조차 영위하지 못하는 한심한 인
간.' 나는 스스로 만든 감옥에서 이미 죄인으로 살고 있었다. 바
닥을 알 수 없는 늪으로 맥없이 끌려들어갔다.

"나, 청소일이라도 구해볼까? 그건 폴란드어 못 해도 될 텐데…."

지속되는 무력함의 끝은 역시나 자책이었다. 저녁마다 남편과의 비슷한 대화가 반복되었다. 남편은 대답에 앞서 한숨부터 쉬었다. 그럴 만도 했다. 그러지 않아도 종일 일하고 와서 가뜩이나 피곤한데, 와이프라는 존재는 머리부터 발끝까지 축 처져서는 이상한 소리나 하고 있으니….

"무슨 소리야. 내가 너 그런 거 하는 걸 그냥 두고 볼 것 같아?"

별안간 역정을 내는 남편으로 인해 나의 입술은 덜 익은 조개처럼 꾹 다물렸다. 실제로 우리는 아일랜드에 살 적에 시급이 가장 높다는 호텔 하우스키핑, 즉 청소일에 도전했던 적이 있는데, 허망한 체력들로 인해 그 야심찬 도전은 고작 나흘 만에 실패로 막을 내렸다. 그러니 남편의 자잘한 분노가 이해는 됐다.

남편은 한번 숨을 고른 후, 한껏 누그러진 표정으로 말을 이었다.

"우리 이제 해외에서 그런 일 안 해도 돼. 다희야, 그냥 편하게 살아, 편하게. 내가 일하니까, 너는 그냥 하고 싶은 일 찾아봐. 사실 난 네가 여기서 석사를 하면 좋겠어. 그게 베스트지."

남편은 부드럽게 나를 달랬다. 그러나 나는 고개를 저었다. 공부는 하기 싫었다. 애초에 하고 싶은 공부도 없었다. 오로지 난 일이 하고 싶었다. 내가 생각해도 나라는 사람은 참으로 피곤하기 짝이 없는 부류였다. 그러나 확신이 없는 일 앞에서 머뭇거리는 건 당연했다.

'지금 시작하면 이게 거의 내 일이 될 텐데, 그걸로 먹고살 각오를 해야 할 텐데, 난 아직 못 찾았어. 모르겠어.'

더는 10대도 20대도 아닌 30대. 완연한 30대는 이제 쉽게 어딘가에 발을 담그기도 어려웠다. 한번 담갔다가도 이거 아니다 싶어 쏙 빼도 되는 젊은 시절과는 다르니까. 이제는 책임을

져야 한다. 나는 그게 무서웠다.

'시작했다가 내가 원하는 일이 아니면 어떡하지? 그럼 곤란하잖아. 원하는 일, 좋아하는 일, 나에게 맞는 일. 왜 나는 그걸 아직도 못 찾고 이러고 있지?'

그렇게 하루에도 수십 번씩 마음이 확확 거꾸러지며 요란을 떨다 결국은 또 자책으로, 원점으로 돌아오는 날들이었다.

'글은 내 결이 아닌가?'

끝내 이런 생각마저 들 때쯤, 그날이 왔다.

"소설을 한번 써보는 게 어때?"

매일 저녁, 함께 걸으며 하루를 마무리하는 나와 남편은 그날도 역시 동네 산책로를 걷고 있었다. 우리 부부는 산책을 하며 미래 계획이나 각자의 고민 등을 털어놓곤 하는데, 그날 나는 거의 다 쓴 에세이를 출판사에 투고할까 어쩔까 남편에게 의견을 구했다.

원고의 분량은 충분했으나 어쩐지 확신이 들지 않았다. 해외살이를 기반으로 한 30대 부부의 일상, 고민, 경험을 기록한 글이었는데, 프롤로그부터 에필로그까지 어째 애매하다는 느낌을 지울 수가 없었다. 그건 아마도 '진정으로 내가 쓰고 싶은 글'이라기보단, 당장 뭐라도 이뤄내야 한다는 조급증으로 인해 쓴 글이라 그럴 것이었다. 나도 알고 있었다. 하지만 당장 내가 할 수 있는 게 그것뿐이었으니, 그저 할 수밖에.

이 애매모호한 원고를 과연 출판사의 고귀한 메일함에 투척해도 되려나, 나는 마땅한 의문을 품었다. 혼자 머리를 싸매고 또 싸매도 답이 나오질 않아 남편에게 그 의문을 냅다 토스했다. 내가 쓴 글은 오직 남편에게만 보여주므로, 피드백을 받을 수 있는 사람도 남편뿐이었으니.

"투고해볼까? 근데 아무도 안 받아줄 것 같아."

다소 멋쩍어하는 내 말에 남편은 흐음, 입소리를 내며 조금 고민하는가 싶더니 이내 조심스레 말했다.

"다희, 소설을 한번 써보는 게 어때?"

의외였다. 나는 "할 수 있어. 자신감을 가져. 투고해봐!"나 "음, 그럼 같이 다시 읽으면서 수정해볼까?" 중 하나일 줄 알았는데, 남편의 대답은 나의 예상을 한참 빗나간 것이었다.

나는 희동그래진 눈을 몇 번 끔뻑거렸다. 갑자기 무슨 말이야? 내 눈빛에 얹힌 속내를 읽은 남편은 얼른 뒷말을 덧붙였다. 그의 요지는 이러했다. 나름 글감이 다채롭고, 사건 사고도 많으니 에세이로만 그치기는 아깝다. 차라리 그것을 '허구성'이

허용되는 소설로 바꿔서 더욱 스펙터클한 이야기로 만들어보라.

"소설?"

하지만 나는 그의 말이 끝나기 무섭게 곧장 손사래를 쳤다. 내가 어떻게 소설 같은 걸 쓰냐며, 그건 천재들만의 리그가 아니냐고. 나는 줄곧 에세이나 여행기만 써왔지 그 이상의 능력은 없는 것 같다고 솔직한 속내를 드러냈다. 남편은 나를 지그시 보더니 "아닌데. 내가 볼 때 너는 소설을 써야 돼"라며 몇 번 더 그런 제안 비스름한 말을 했다.

소설이라니. 내가 무슨.

발음하는 것 자체만으로도 단단한 위압감이 드는 단어에 나는 다시금 고개를 가로저으며 남편을 잡은 손에 꽉 힘을 주었다. 남편의 두툼한 손바닥에서 폭신한 온기가 감돌았다. '그래, 소설 안 해도 돼. 그냥 너 하고 싶은 거 해. 하고 싶은 것만 써.' 굳이 말로 하지 않아도 남편의 진심이 그의 체온을 타고 고스란히 전해졌다. 나는 고개를 들어 남편에게 옅은 미소를 지어보였다. 그러면서도 '소설'이 아직 내 머릿속을 떠나지 못한 채였다. 잠깐 멈췄던 걸음을 다시 걷기 시작했고, 그렇게 전과 같은 일상으로 돌아가는 줄 알았다.

그때까지만 해도 나는 감히 상상도 못 했다. 은근슬쩍 던진 남편의 그 말이 내 인생을 송두리째 바꿀 줄은. 선선한 저녁

바람이 불던 어느 여름날, 가로수의 깊고 묵직한 향기가 기분 좋게 코끝에 맴돌던 산책길, 생각지도 못한 전환점이 된 2024년 8월의 어느 날이었다.

"나! 소설을 한번 써보기로 한다!"

그리고 며칠 후, 남편과 피자를 먹다가 나는 선언하듯 손을 번쩍 들었다.

그렇게 아니라고, 아니라고, 못 한다고, 못 한다고 손을 내저은 지 정확히 사흘 뒤였다. 변심의 이유는 간단했다. 새로운 세계에 대한 모험심과 빠른 실행력. 얼마 없는 나의 장점 중 가장 큰 지분을 차지하는 이 두 가지는 여태 나의 인생 전반을 끌어온 원동력이었는데, 역시 이번에도 마찬가지였다.

'소설, 소설. 에이, 아니지. 내가 무슨 소설이야. 소설, 소설… 음. 소설?'

입속으로만 중얼거리던 단어가 결국 호기심을 불러일으켰고, 그 호기심은 결국 입 밖으로 튀어나오고야 말았다. 평생 나를 둘둘 감고 있던 '몰라, 일단 해' 정신이 또 한 번 발동되었다.

그러자 남편은 익숙하다는 듯 씩 웃으며 그러라 했다. 넌 분명 잘 할 수 있다고. 워낙 목표도, 꿈도, 하고 싶은 일도 자주 바뀌던 와이프라 이번에도 그런 것들 중 하나겠지 했던 걸 테다, 남편은.

그리고 바로 다음 날, 나는 그 '소설'이라는 것을 정면으로
마주했다.

쉬지도 않고 5페이지를 썼다고?

그때까지 나는 소설을 제대로 읽어본 적이 없었다. 결국은
다 허구 아니냐는 생각에 제대로 몰입할 수 없을 것 같아서였
다. 담백한 에세이 혹은 실질적인 도움을 주는 자기계발서만 읽
어왔다. 그래서 소설이 무엇인지 정확히 알지 못했다. 그런데 뭔
지도 모르는 소설을 쓰겠다니…. 그렇다면 일단 소설을 먼저 읽
어야 했다. 그래서 무작정 베스트셀러를 검색했고, 바로 나온
최진영 작가의 『구의 증명』을 급하게 구해 읽기 시작했다.

'아니, 이럴 수가!'

고작 다섯 장 만에 눈물이 흘렀다. 해외에 살고 있었으므
로 종이책을 구하기 어려워 전자책으로 읽기 시작했는데, 얼마
나 대단한 문장들인지 금세 촉촉이 젖어든 나의 속눈썹이 파
르르 떨렸다. 페이지 한 장 한 장 넘기기 아까워 내내 꼭꼭 눌
러가며 읽었다. 소설은 이런 것이구나, 조급한 사랑에 빠진 듯
도 했다. 아, 소설은 이런 것이구나.

나는 얼추 형태를 살피고 느낌을 그려본 후, 내가 쓸 수 있는 주제와 소재 등을 마음속으로 살살 굴렸다. 그리고 본격적으로 쓰기 시작했다. 그러니까 나는, 실행력 하나는 몹시 뛰어난 인간이다.

하얀 바탕의 한글 프로그램. 아련한 분위기가 풍기는 코펍 월드 바탕체. 11폰트.

'음음음음… 뭘 쓰지? 음음음… 소설, 소설이란!'

아무 말이나 손가락이 움직이는 대로 입력하던 나는 곧 정신을 차리고, 허리를 곧추세웠다. 전체선택(Ctrl+A)과 지우기(Del)로 다시금 뽀얀 도화지를 만들고는 커서만 깜박이던 빈 페이지를 채워나갔다. 한 단어에서 한 문장이 되었고, 한 문장이 한 문단으로, 그리고 한 페이지가 되었다. 난생처음으로 내 이야기가 아닌, 내가 지어낸 남의 이야기를 쓰기 시작했다.

실제로 실행은 했으나 오래가지 못했던 유튜브나 스마트스토어, 기획에만 그쳤던 '1인 무자본 창업', 전문직이 되어보겠다며 강의와 책까지 모조리 사놓고 결국 환불해버린 감정평가사 시험 등등. 아무래도 내 결이 아닌 것 같다며 맛만 보고 금방 내려놓은 다른 일들처럼 이번에도 역시 하다가 포기할까? 역시 그럴까? 하필이면 처음 읽은 소설이 베스트셀러라니, 벌써 기죽잖아. 30분 전까지만 해도 눈물을 질질 흘리던 감동의 물

결은 돌연 후회로 변모하였고, 그로 인해 파생된 얼마의 무력
감이 잠깐 들기도 했다. 그러면서도 손가락을 멈추지는 않았다.
베스트셀러는 베스트셀러고, 나는 나다. 오랜만에 키보드 위에
서 흥겨운 춤을 추는 손가락 끝에서는 정체 모를 자신감이 솟
구쳤다.

"흐음…."

주인공에 빙의라도 된 듯 턱을 치켜세우고, 모니터를 향해
치명적인 눈빛을 발사했다. 그때 나는 어떤 장면에 대해 쓰고
있었는데, 그 배경은 '교실'이었다. 30대 여자가 뜬금없이 고등
학교 교실을 그려내던 건, 소설을 쓰리라 생각했던 순간 머릿속
에 번쩍 스친 대사 하나 때문이었다.

야. 니 내 아나?

'왜?'라는 물음에 명확한 대답을 내놓기란 불가능하다. 말
그대로 그냥 갑자기 떠올랐으므로. 나의 고향 말인 경상도 사
투리의 구수함이 느껴지면서도 요즘 친구들이 구사할 법한 정제
된 느낌의 말투, 교복을 단정하게 입은 무뚝뚝한 반장과 서울에
서 온 전학생 간의 은은한 기류, 살짝 열린 창문으로 들어오는
봄바람, 그와 함께 살랑이는 두 청춘 남녀의 머리칼과 심장…

청량, 상큼, 발랄의 집합체인 교복 입은 10대들 이야기였다. 딱히 모니터에게 선사하던 눈빛과 같은 치명, 섹시, 도발 그런 류의 캐릭터는 확실히 아니었는데 내가 왜 그렇게 희번득한 눈길을 쏘았는지는 지금도 알 수 없는 노릇이다. 모르긴 몰라도 아마 내게 찾아온 짧은 장면을 직접 글자로, 문장으로, 문단으로 그려내고 있다는 묘한 기쁨이 그런 희한한 방식으로 승화된 것 아닐까.

타닥타닥, 타다닥. 그 어느 때보다도 힘이 들어간 손끝은 키보드를 강하게 튕겼고, 제법 날카롭고 큰 타자 음은 양쪽 귓구멍을 꽉 막고 있는 이어폰의 노이즈캔슬링 기능을 뚫고 귓속으로 선명히 꽂혔다. 나는 내가 무얼 듣고 있는지 몰랐다. 워낙 배경음악을 중시하는 터라 플레이리스트가 조금이라도 마음에 들지 않으면 후다닥 바꿔버리곤 했는데, 그때 나는 어떤 노래들이 재생되고 있는지 알지도 못했다. 몰입이었다. 너무 몰입해서, 나는 엄청난 몰입 중이라는 사실조차 인지하지 못했다.

1시간쯤 지났을까. 나의 손가락은 드디어 키보드에서 떼어졌다. 허공에 살짝 뜬 양손을 서로 주무르며 원고 하단부로 시선을 내렸다. 백지였던 한글 파일은 5페이지가 꽉 차 있었다.

"아니, 이게 뭐야?"

과몰입으로 흐릿했던 시각과 청각이 점점 제자리로 돌아

왔다. 나는 마우스휠을 굴리며 중얼거렸다. 내가 써놓고도, 내가 방금 5페이지나 무언가를 썼다는 사실이 믿기지 않았다. 게다가 고막을 쿵쿵 때리는 건 한 번도 들어보지 못한 생경한 레게음악이었다. 케이팝만을 즐겨 듣는 나로서는 익숙지 않은 전주가 나오자마자 단숨에 확 '여돌 쇠맛 노동요 플리' 등으로 바꿔버렸을 일인데….

레게음악을 들으며 1시간 동안 쉬지도 않고 5페이지를 썼다고?

백지를 촘촘하게 채운 까만 글자들을 마주한 나의 입꼬리가 움찔거렸다. 아직 바꾸지 않은 레게 플레이리스트에서는 이제 무슨 요상한 피리 소리까지 얹혀 있었다. 그럼에도 나는 오직 시선을 정면에 고정했다. 움찔대던 입꼬리가 차분함을 유지하지 못하고 씰룩씰룩했다. 그때, 머릿속을 가득 메운 감상은 오직 하나였다.

'이거 재밌다. 그것도 엄청!'

그렇게 나는 '소설'을 쓰기 시작했다.

사실 내가 하는 행위를 '소설 쓰기'라고 거창하게 명명하기는 민망하여 그냥 '무언가를 쓴다'라고만 속으로 되뇌었는데, 일단 내 경험, 내가 겪은 실제 이야기가 아닌 손끝에서 지어낸 허구의 스토리와 그 안에서 마음껏 뛰어노는 가상의 캐릭터들을 객관적인 관점에서 보면 그건 분명 '소설 쓰기'가 맞았다.

소설은 달랐다. 목차부터 골머리 썩어가며 인상을 있는 대로 팍 찌그렸던 에세이와는 확실히 달랐다. 기획, 인물, 플롯, 사건, 주제 등등 모든 구성에서 다 신이 났다. 특히 나를 신명 나게 만든 건, 소설에는 '한계'가 없다는 점이었다. 에세이는 범위가 제한되어 있다. 당연했다. 오로지 일어난 사건, 경험만을 담아야 하기 때문이다. 하지만 소설이란 뭔가. 세계관, 사건, 사고, 성격 등등 과연 모든 요소를 무한대로 확장시킬 수 있는 글의 종류다.

제한이 없다니. 눈치 보지 않고 내 마음대로 써도 된다니!

신세계였다.

어쩐지 몸도 지치지 않았다. 원래도 체력이 약한 편인 데다, 서른에 들어서고부터는 더욱 기운을 못 차리는 신체 능력이라 뭐 하나를 도통 오래 지속하지 못하는 성질인데도, 나는 6시간이든 8시간이든 내리 노트북 앞에 앉아 있었다. 그래도 힘들지 않았다. 외려 시간이 부족하다 느꼈다. 더, 더, 더, 더 쓰고 싶었다. 이런 적이 없었는데, 정말 이상한 일이었다.

그렇게 단편소설을 하나 완성했다. 처음 써보니 이게 단편인지 중편인지조차 모르겠다만 어쨌든 그리 길지는 않아서 대충 단편이라 했다. 남편한테 보여줬다. 그때도 역시 감히 '단편소설'이라 불렀다가는 머리끝부터 발끝까지 오소소 민망함의 소름이 돋을 것 같았기에 나는 그저, "나 글 썼는데. 이거 한 번 읽어봐줄래?"라고만 했다. 남편은 여태 나의 여행기와 에세이를 읽어준 0순위 독자라, 그에게는 보여줄 수 있었다. 애초에 소설을 써보라 제안한 이도 이 남자였으니, 더더욱 적합했다.

　　남편은 안경을 한번 고쳐 쓰더니, 각을 잡고 제대로 읽기 시작했다. 그리고 약 10분 후, 내게로 고개를 홱 돌렸다. 바람 가르는 소리라도 날 듯 제법 큰 몸짓에 나는 어깨를 흠칫거렸다. 긴장이 역력한 기색이 내 얼굴에 떠올랐다. 애매한 모양을 짓고 있는 남편의 동그란 입술에서 대체 무슨 피드백이 나올지 알 수 없었다.

　　'역시 아닌가? 나는 쓰레기를 생산했나? 아니야. 그래도. 조금이라도 재미가 있지 않을까. 네가 쓰라 했잖아! 그렇다면 내 기를 꺾지 말란 말이야.'

　　아직 아무 말도 하지 않은 남편을 향해 별안간 세모가 된 눈초리를 내보였다. 그 짧은 시간에 오만 감정이 얼마나 폭풍처럼 몰아쳤는지, 몹시도 긴장하고 있다는 방증이었다.

　　"재밌는데? 이것 봐, 다희 너는 이런 걸 써야 한다니까!"

　　가슴속에서 격동하는 우려와 달리 남편의 입에서 나온 건 호평이었다. 그것도 몹시 큰! 구겨졌던 내 이목구비가 활짝 펴지며 곧장 안색이 환해졌다.

　　"진짜? 진짜지?"

　　두근두근. 심장이 필요 이상으로 세차게 뛰었다. 그리고 곧장 다음 단계에 돌입했다.

　　'자, 그럼 이제 이걸 어쩌지?'

소설을 처음 써보니, 완성한 소설은 어찌 해야 하는지 역시 몰랐다. 무작정 '단편소설'을 검색했다. 그랬더니 마침 진행 중인 어느 출판사 주최의 단편소설 공모전 하나가 눈에 띄었다. 운명 같았다. 바로 제출했다. '자신'이라는 게 있었다.

기본적으로 난, 스스로에 대해 이런 평가를 하는 사람이다.

'웬만해서는 바보.'

나 자신에게 관대하지 않고, 그래서 스스로를 대하는 기준이 몹시 높은 편. 그에 따라 무슨 일을 하든 '되겠나?' 하는 의심이 먼저 피어오른다. 무엇을 하고자 하는 실행력은 좋지만, 결과에는 딱히 신뢰가 없다는 말이다. 그러니 이것도 그래야 했다. 아무렴, 천재들만 쓴다는 소설인 데다, 나는 이걸 써본 적이 없으며, 공모전이라는 건 최소 몇백 대 일의 경쟁률을 뚫어야 하는 걸 텐데. 살면서 내가 뚫어본 가장 큰 경쟁률은 대학교 논술 전형인 70 대 1이었다. 그러니 수백 대, 수천 대 1은 역시 아무래도 좀…. 평소의 나라면 당연히 안 되리라는 확신부터 들어야 마땅했다.

하지만 아니었다. 그러니까 나는 정체 모를 '자신'이라는 게 있었다. 내 생에 이런 적은 거의 없었다. '단편소설 지원'이라고 말머리를 단 제목의 메일을 쓰고, 보내기 버튼을 누르며 검지를 부르르 떨었다. 약 한 달 뒤인 발표일까지 내내 기대와 설렘을 감추지 못했다.

그리고… 떨어졌다.

역시 나는 안 되려나

공모전 당선작들을 읽어보니, 내 것과 비교가 되지 않는, 실로 대단한 문장들이었다. 그저 멋지게 보이려고 힘을 준 허세 가득한 문장들의 나열이 아닌, 그야말로 '이야기'였다. 글의 종류에 관계없이 내가 선호하는, 그래서 한번 시작하면 끝까지 읽게 만드는 글들이었고, '읽음에 그치지 않고 나의 것으로 끌고 올 수 있는' 이야기라는 공통점이 있었다. 글쓴이가 정해놓은 구성이나 결말을 따라가면서도 내내 나와 내 주변인들을 떠올리고 곱씹다가 끝내 '아, 이제 그렇게 해봐야지' 하는 어떤 사소한 변화라도 주는 이야기들. 그게 내가 '소설'이라는 글을 읽지 않았던 이유였다. 진짜 이야기가 아닌데, 무슨 깨달음을 줄 수 있겠어? 그렇게 생각했다. 그러나 그건 완벽한 착각이었음을, 공모전 당선작들을 읽으며 깨달았다.

많은 이야기 중에서도 나의 심장을 마구잡이로 뛰게 만든 건 '성장 이야기'였다. 주인공이 실패와 역경을 딛고 스스로 삶을 변화시키는 이야기들. 대표적으로는 한때 선풍적인 인기를 끈 하야마 아마리의 『스물아홉 생일, 1년 후 죽기로 결심했다』를 들 수 있겠다. 드라마 <미생>에서 그 책이 나온 걸 보고 읽게 되었는데, 한동안 주인공 '아마리'에게서 벗어나지 못했다. 단순히 '읽음'에 그치지 않고, 도전하는 삶에 대한 용기를 얻었다. 그리고 손에 쥔 것을 모두 내려놓고 용감하게 해외로 나갔다.

물론 그 책 하나로 갑자기 벌떡 일어나 모든 것을 내팽개치고 떠난 게 아니라 원래 계획에 용기 한 스푼으로 얹힌 것이었지만, 어쨌든 그건 분명 책이 일으킨 변화였다. 좋은 이야기는 그저 읽는 것만으로도 삶에 분명한 변화를 가져온다는 것. 망치에 한 대 맞은 듯한 충격이었다.

당선이 마땅한 '좋은 소설'과 나의 것에는 확연히 차이가 있었다. 내가 끄적거린 글은 문장의 단순한 나열이었다. 심지어 문장이 멋지지도 않았다.

나는 잠깐 동안 좌절했다. 아, 역시 나는 안 되려나.

그러니까 내 성격에 보통 이쯤 되면 이미 포기해야 마땅했다. 성질도 급하고 인내심도 좋지 않은 내가 가시적인 성과가 도통 나지 않는 일을 붙잡고 있던 적은 없었으니까. 나는 '웬만해서는 바보이며, 웬만해서는 포기하는 인간'이었다.

그런데 역시 이번에는 달랐다. 좌절로 바닥에 떨어진 마음을 다시 끌어올리려고 계속 동기부여 영상을 찾아보며 쓰고 또 썼다. 분명 허리도 아프고 눈도 뻑뻑해 죽겠는데, 지친다는 느낌이 없었다. 하나 끝낼 때마다 희열이 잔뜩 올라왔고, 거듭 읽으며 막 혼자 좋아했다. 전에 없던 주책을 떨어댔다. 전혀 나답지 않은, 정말 이상한 일이었다.

"딱 2년만 제대로 해봐"

'아, 나는 소설이라는 걸 계속 써야 하는구나.'

매일 생각했다. 결과가 어찌될지 알 수 없어 매일 좌절하고 또 좌절해도, 매일 쓰면서 계속 이런 생각을 했다. 아니, 절로 들었다.

'이건 나랑 너무 잘 맞아. 이건 내 거야. 난 이걸 해야 해. 평생.'

뜻 모를 광기가 나를 사로잡았다.

30년 대부분의 삶을 오로지 성취와 결과에 집착하던 나는, 이제 이런 생각마저 하기 시작했다.

'뭐, 공모전 안 되면 어때? 지금 이게 너무 재밌는데.'

게다가 다이어트라는 특정한 목적이 없으면 결코 운동을

하지 않던 내가 갑자기 헬스장에 가기 시작했다. 살을 빼려는 게 아니라 조금 더, 조금만 더 앉아 있으려고. 허리 근력을 키우려고. 한 자라도 더 쓰고 싶어서. 나태함이 기본값인 나로서는 나름 대단한 변화였다.

4년 전, 공무원을 그만둘 때부터 난 이런 걸 찾아 헤맸다. 이 세상 어딘가엔 나와 꼭 맞는 퍼즐 같은 일이, 내 천직이 있으리라, 곱씹으며.

남편을 부러워했다. 그 역시 공무원을 그만두고 선택한 일은 '데이터 분석'이었는데, 그게 너무 즐겁다고 했다. 새벽부터 시작해 그다음 날 새벽까지 해도 지치지 않고, 지겹지 않고, 그저 희열을 느낀다는 남편이 늘 부러웠다. 그러다 나도 드디어 찾은 것이다. 비록 아직 아무런 성과도 없고, 공모전도 떨어져서 앞으로 얼마나 더 혼자만의 싸움을 해야 할지 알 수 없지만, 나는 이걸 찾은 것만으로도 무척 든든한 기분이었다.

"나한테 2년만 줘."

노트북 앞에 앉아 있다가 결국 밤을 새어버린 어느 날, 출근 준비를 하는 남편에게 내가 말했다. 2년만 줘. 나 정말 잘할 수 있어. 그런데 다른 걸 병행하기엔 시간이 부족해서 이것만 해야 해. 이것만 잡아야 해. 그러니까 2년만 줘.

"딱 2년. 아니… 1년?"

그러다 곧 눈치를 살살 보며 기한을 절반으로 깎았다. 1년이 짧긴 짧지만, 어기여차, 죽을힘을 내면 그래도 할 수 있지 않을까? 또다시 발동해버린 죄책감 때문이었다. 그러자 남편은 픽 웃었다.

"그래, 2년. 딱 2년만 제대로 해봐."

웃기다는 듯 남편은 커다란 손바닥으로 내 정수리를 슥슥 문질렀다. 이틀째 감지 않은 기름진 머리가 젠틀한 그의 손짓 아래 마구잡이로 비벼졌다. 잔뜩 헝클어진 머리로 나는 고개를 크게 끄덕였다. 머리카락에서 찐득한 기름이 느껴졌는지 남편은 순간 미간을 살짝 좁혔지만, 그래도 새로운 의지를 다지는 아내 앞에서 미소를 잃지 않았다.

2년.

2년이 주어졌다.

30대라는 나이에 찾은 나의 천직. 늦은 만큼 나는 허리든 손가락이든 뭐든 부서져라 할 자신이 있었다. 발끝만 살짝 담근 채 간만 보는 게 아니라 발목, 종아리, 무릎까지 아주 푹 담그고, 남은 인생을 걸 용기가 있었다. 2년. 그렇게 '번듯한 작가'를 향한 나의 기나긴 여정이 시작되었다.

+ 레벨업 +

닥치고 쓰기

일단,
단편이다

네이버 블로그나 카카오 브런치스토리에 줄곧 에세이와 여행기만 쓰던 나는 그렇게 스스로도 거의 읽지 않는 '소설'이라는 미지의 세계에 첫발을 내디뎠다. 시작은 짧은 글이었다. 즉, 단편소설.

일단 시작도 했고, 꽤 많은 소설 공모전에도 지원했으며, 쓰고 또 쓰고 하나씩 완성해왔는데, 나는 "소설이라는 걸 쓰고 있어!"라고 말하는 것이 어쩐지 민망하다 못해 약간은 죄스럽기까지 해서 늘 말끝을 얼버무리곤 했다. 저녁 산책에서 남편이 "오늘은 잘 썼어? 뭐 썼어"라고 물으면, 나는 우물거리며 "그냥 비슷한 거 썼지, 뭐"라고 답하는 식이랄까.

2년의 시간을 줘!

출근하는 우리 집 가장을 붙잡고 야심차게 외치긴 했으나 실은 나 역시 긴가민가했던 것일까, 아니면 아직 아무에게도 제대로 된 인정을 받지 못했으니 이런 소심한 태도가 어쩌면 당연한 걸까.

어쨌든 '글'이라는 것을 어디 한번 제대로 써보겠다고 각을 잡고 시작했으니, 이제는 나만의 채찍이 필요했다. 출퇴근 시간 같은 강제적인 제약은 없지만 온 노력과 정성을 다해 정해진 목표로 달려가는 삶. 과거 1년간 공시생을 할 때와 비슷한 상황이었다.

홀로 걷는 어둠의 터널.

물론 공시생보다야 즐겁지 않겠냐는 예상은 얼핏 들었지만, 이 역시 '홀로 걷는 어둠의 터널'이 되리라는 건 분명했다. 무언가를 얻으려면 반드시 일정량 이상의 고통을 감내해야 하므로 필연적으로 '어둠'이 따라붙을 것이고, 함께하는 친구나 동료가 없으니 모든 것을 '홀로' 해내야 했다.

자유는 보장되지만, 그래서 더욱 철저히 관리해야 했다. 그래야 2년 안에 반드시 무언가를 해내겠다는 최초의 다짐이 끝까지 꼿꼿이 고개를 들고 있을 테니까.

그러기 위해 우선적으로 정해야 할 건 '데드라인'이었다. 공시생 때는 지방직, 국가직 공무원 시험일을 디데이로 삼아 그것에 죽고 살았다지만, 지금은 달랐다. 정해진 시험과 명확한 승패의 결과가 없는 싸움, 그래서 목표도 과정도 더 애매한 싸움이었다. 나는 고민에 빠졌다.

각자 목표를 가진 수험생들은 저마다의 시험일을 향해 달려간다. 그렇다면 작가 지망생은 무엇을 기준으로 잡아야 하지? 내게는 2년 밖에 없으므로, 나태함이나 게으름은 감히 발도 못 들일 빡빡한 선이 필요했다. 그렇게 '소설', '작가' 등의 관련 검색어를 이용해 한참을 뒤적거린 결과, 나는 적당한 데드라인을 찾을 수 있었다. 그건 바로, 공모전 마감일.

마감일을 앞둔 문학 공모전이 매달 몇 개씩이나 있었다. 그 중에서도 특히 큰 지분을 차지하는 분야는 소설. 적당했다. 이 정도면 게으름을 피우려야 피울 수가 없겠어. 곧장 '공모전 마감일 달력'을 만들어 하나하나 수기로 적어 내려갔다. 펜을 잡은 손에 꽈악 힘이 들어가고, 나의 눈동자 속에서는 불꽃 비스름한 것이 이글이글 타올랐다. 그것은 아주 오랜만에 나를 찾아온 생기와 열정, 몹시도 거대한 흥분과 설렘이었다.

백지였던 달력이 금세 빽빽이 채워졌다. 우선 석 달 치 공모전을 모조리 파악한 뒤, 나는 펜을 놓고 잠시 호흡을 골랐다. 자, 이제 데드라인은 정해졌다. 그러면 남은 일은 하나, 본격적으로 내달리는 것.

　가장 빠른 마감일, 그리고 그다음, 또 그다음으로 빠른 공모전을 차례로 확인했다. 웬만한 소설 공모전 요강에 따르면, 단편소설은 보통 '원고지 70~100매 내외'였다. 나는 갸웃했다. 원고지 매수? 이제까지 원고지 매수 확인 방법조차 몰랐던 나였다.

원고지 매수 확인 방법을 배우다

　2022년에는 출판사 투고를 목적으로 에세이를 쓰고 있었는데, 그때도 역시 한글 프로그램을 사용하긴 했으나 A4지 매수를 기준으로 원고량을 계산했다. 나 100페이지나 썼어! 이게 진짜 책이 될 수 있을까? 그저 설렜다. 심지어 출판사에 동봉한 출간기획서에는 '원고 분량: A4 100페이지' 이런 식으로 기재했다. 지금 생각하면 굉장히 부끄럽다. 그러니까 나는, 이 문학의 세계에 대해 그야말로 아는 것이라고는 하나 없는 무지렁이였다는 말이다(그럼에도 불구하고 제 원고를 책의 형태로 세상에 내주신 출판사에 무한한 감사를⋯).

　하지만 이제는 그런 무지렁이로 남아 있을 수 없었다. 단단히 준비된 작가 지망생이 되기 위해 재빨리 검색해서 알아냈고, 한 문단 한 문단 쓸 때마다 득달같이 '문서통계' 탭으로 들어가 원고지 매수를 체크하는 열정을 보였다. 역시 웬만한 공모전의 기본 설정인 '글자 크기 11포인트, 줄 간격 160%'로 놓고 몇 개의 단편을 완성하다 보니 얼추 파악이 되었다. 문단의 촘촘함, 줄바꿈이나 띄어쓰기에 따라 달라지긴 하지만 원고지 70~100매는 대략 A4지 12~18페이지라는 것을.

그래서 너덧 번째 원고부터는 굳이 원고지 매수를 5분마다 확인하지 않고 눈으로 분량을 가늠해가며 이야기를 만들어갔다. 타닥타닥. 키보드 위에서 내 손가락이 즐겁게 탭댄스를 추었고, 새하얀 한글 파일에는 까만 글자가 성실히 채워졌다.

소설을 처음 쓰기 시작할 때까지만 해도 나는 이렇게 생각했다.

'아니, 직접 경험한 일을 쓰는 에세이도 아니고, 이야기를 머릿속에서 스스로 막 지어내는 건데, 그걸로 과연 원고지 70매 분량을 채울 수 있을까? 너무 길지 않아?'

그러니까 나는 나의 상상력에 한계가 있으리라 믿어 의심치 않았고, 그것도 남들보다 훨씬 빨리 올 것이라 여겼다. 여태 써온 글이라고는 오로지 내가 겪은 일을 기록한 것뿐이었기에 그러한 의심은 어쩌면 마땅한 것이었다.

그런데 이게 웬걸.

‘분량을 다 채울 수 있을까’라는 걱정은 기우에 불과했다. 그것도 아주 명백한 기우. 생각보다 70매는 금방 채워졌고, 그 안에서 기승전결은 물론 세세한 감정선의 시작과 끝을 깔끔하게 마무리 지어야 하니 외려 ‘이거 왜 이렇게 분량이 적어’라며 혀를 내둘렀다. 공모전 원고 요건에는 보통 ‘정해진 분량의 10퍼센트 내외 가능’이라는 말이 있었다. 그래서 나는 ‘70매 내외’인 경우에는 77매로, ‘100매 내외’라면 110매까지 꽉 채웠다. 어쩔 수 없었다.

몇 편 쓰고 나서 깨달았다. 단편소설은 한정된 분량 안에서 얼마나 알찬 구성을 해내는지의 싸움이라는 것을. 한두 개의 메인 사건을 중심으로 거기에 딱 맞는 장면과 대사, 인물의 감정선이 얼마나 조화롭고 예쁘냐가 성패의 기준이라는 것을.

내 안에 잠들어 있던 흑염룡

맨 처음 완성한 단편소설은 앞서 언급한 ‘무뚝뚝한 경상도 여학생과 서울에서 전학 온 다정다감 남학생의 사랑인 듯 사랑 아닌 듯한 청춘 드라마’였다. 소설이라는 걸 인생 최초로 완성하면서 나는 벌써 무언가가 된 듯한 느낌을 받았다. 아무에게도 보여주지 않았고, 그저 내 노트북에만 저장된 원고지만 그걸 쓰는 과정 자체만으로도 이미 몇 단계 성장하거나 발전했다는 묘한 희열이 떠올랐달까.

하나를 완성한 후 곧바로 번뜩 떠오른 다음 작품을 시작했고(사실 첫 작품을 3분의 2 정도 썼을 때부터 '다음에는 이걸 쓰고 싶다!'라는 강렬한 열망이 나를 뒤흔들어서 나름은 초조한 시기를 견뎌야 했다), 이 역시 단편이었기에 사흘 만에 완성할 수 있었다. 「나의 천국」이라고 제목을 붙인 두 번째 단편은 '이지우'라는 이름의 주인공이 나아지지 않는 한국 생활에 지쳐 무작정 호주, 헝가리, 캐나다의 워킹홀리데이를 거치며 어딘가에 있을 자기만의 '천국'을 찾아다닌다는 내용이었다. 이미 마음이 지옥인지라 아무리 나라를 옮겨도 끝내 천국을 찾지 못하고, 또 다른 곳을 찾아 떠난다는 열린 결말이었다.

공항에서 시작해 공항에서 끝나는, 배경의 수미상관이나 인물의 감정 변화, 특히 마지막 장면에는 "This is the final call for flight CA247⋯(CA247 편의 마지막 방송입니다⋯)"와 같은 '있어 보이는' 영어 문장도 사용해가며 나름 여운이 남는 장면을 연출했다고 자부했다. 원고지 88매로 뿌듯하게 마무리하였다.

그런데 문제는, 완성은 했지만 이게 '잘' 혹은 '맞게' 쓴 건지 모르겠다는 거였다. 두 번째 단편은 한국에 정착하지 못하고 해외로 떠도는 이방인이 된 나의 감정이 많이 이입된 자전적 소설에 가까워서 더욱 그랬다. 객관적인 눈을 갖출 수 없었다. 솔직히 '재밌다'까지는 바라지도 않았다. 그냥 내가 쓴 이 글을 마땅히 소설이라 부를 수 있을지, 그 정도만 확인하고 싶었다.

그런데 또 문제는, 이걸 보여줄 사람이 마땅치 않다는 것이었다. 일단 주변에 아는 작가가 없고, 글 쓰는 이도 전무하며, 심지어 나 자신이 해외에 살고 있기에 쉽게 참여할 수 있는 모임 따위도 없었다. 사실 아는 작가가 있거나 참여할 수 있는 모임이 있었더라도 나의 이 극내향적 성격상 절대 보여줄 수 없었겠지만.

소설은 에세이나 여행기와는 달랐다. 있었던 일이 아닌 내가 지어낸 이야기였다. 내 안에 잠들어 있던 흑염룡이 문장 안에서 꿈틀거리고 있을 텐데, 이걸 누가 읽는다고? 부끄러워! 어떻게 보여준다는 말이야…. 기회가 주어져도 나라는 인간은 결코 '합평'이라는 건 하지 못했을 것이다.

하지만 언제나 방법은 있는 법. 나에게는 세상이 보내준 단 한 사람이 있었다.

연애를 시작한 2015년부터 지금까지 10년 동안 서로 볼 꼴 못 볼 꼴 다 보고 살을 부대끼며 살아온 남자, 나의 남편. 그가 보지 못한 내 모습은 없었고, 그가 알지 못하는 나의 다른 면도 없다. 나 역시 남편 앞에서는 못 보여줄 모습도, 못 보여줄 글도 없었다.

그래서 남편에게 보여줬다. 원고 파일을 띄운 노트북을 그대로 넘겨줬다. 그러자 남편은 소파에 느긋이 기대더니 안경을 한번 올려 쓰며 곧장 진지한 독서 모드에 돌입했다.

에세이도 아니고, 나름 진지하게 쓴 '단편소설'이라는 걸 누군가가 읽고 있다니. 내 맥박이 거세게 뛰었다. 거기에는 설렘이나 긴장, 걱정과 막연한 기대마저 모두 포함되어 있었다. 나는 연신 남편을 흘끔거렸다. 그가 터치패드 위에서 손가락을 놀리며 이따금씩 미간을 살짝 찌푸릴 때마다 가슴이 덜컹거렸다. 이상한가? 역시 이건, 글도 아닌가? 혹시 나는 글을 쓴다 외쳐 놓고 사실은 재활용도 안 되는 쓰레기를 생산한 것일까. 쓰레기… 혹은 똥?

걱정이 이만저만이 아니었다. 나는 애써 태연한 표정을 꾸몄다. 그러나 역시 숨기지 못한 긴장감이 땀이라는 형태로 변해 손바닥에 송글송글 맺혔다. 남편은 곧 "흐음…" 하는 입소리를 냈다. 나는 남편을 쳐다봤다. 이번엔 흘끔대지 않고 제대로 시선을 마주했다.

“음, 다 읽었어.”

꾸울-꺽. 굵직한 침이 넘어가며 나의 목울대가 크게 울렁거렸다. 바짝바짝 마르는 입술을 입안으로 넣었다 뺐다 깨물었다 훑었다 아주 혼자 요란을 떨었다. 어때? 차마 말로는 하지 못하고, 나는 그저 최초의 독자를 향해 간절한 눈빛을 발사할 뿐이었다.

“음, 아무래도….”

“으응….”

“계속 써. 너 이거 해. 계속.”

“어?”

고개를 주억거리며 하는 남편의 말에 난 눈이 댕그래졌다.

“어디 취업할 생각 하지 말고, 그냥 이거 해.”

당시 나는 ‘1인분의 몫’을 하지 못하고 있다는 생각에 사로잡혀, 제대로 된 글쓰기를 시작한 후에도 계속 취업을 할까 말까, 어떤 일이라도 역시 해야 할까 어쩔까, 한창 머리를 싸매던 차였다. 비영어권 유럽에서 현지 언어를 못하는 내가 할 수 있을 일이 과연 있겠냐마는, 안 되면 역시 청소일이라도 구할까 생각하고 있었다. 청소일 이야기를 할 때마다 번개처럼 날아드는 남편의 역정에도 어쩔 수 없었다. 그만큼 마음이 어두웠다.

“내가 볼 때, 너는 돼.”

이 남자는 다정하고 상냥한 남편 그 자체지만, 언제나 글 관련 피드백에는 현실적이고 냉정한 태도를 보여왔다. 딱히 그럴 필요 없는 여행기에도 그랬으니까. 그러던 그가 이런 말을 하다니. 내가 쓴 소설을 읽고! 취업할 생각은 평생 꿈에서도 하지 말라고 하다니(이렇게까지 말하지는 않았다)!

아아.

나의 입꼬리가 씰룩대며 방정을 떨기 시작했다. 그러나 피어오르는 미소를 헛기침으로 애써 가다듬으며 물었다.

"재밌…어?"

"응, 재밌어. 좋아, 잘해. 너 잘 써."

"그냥 하는 말이지…?"

남편은 재차 말하며 자기 의견을 확고히 했지만, 나는 좀처럼 의심을 거두지 못했다. 그러자 남편의 표정은 한결 더 단단해졌다.

"아니, 정말."

"…"

"그러니까 계속 해."

그러니까 계속 해. 남편의 첫 피드백이었던 이 말은, 앞으로 내가 겪을 지난한 과정을 버티게 한 뿌리가 되었다.

　‘소설’이라는 단어를 보면 저마다 떠오르는 이미지가 있을 것이다. 나의 경우엔 아주 대단히 거대한 ‘벽’이다. 크고 높은 장벽, 혹은 목을 뒤로 한참 꺾어도 그 꼭대기가 보이지 않아서 내가 절대 오르지도 넘지도 못하리라 확신하며 이미 패배한 듯 고개를 주억거리게 되는 느낌의 웅장한 무언가 말이다.

　그러니까 ‘이제 진짜 작가가 되어보자!’라는 거창한 의지로 나 스스로를 똘똘 휘감은 후에도 깊은 속내로는 그랬다.

　‘아, 나는 장편은 절대 못 쓸 거야. 단편까지는 어찌저찌 얼레벌레 후루룩 쓰긴 썼는데, 아무래도 장편은 무리지. 일단 너무 길잖아. 그런 건, 타고난 천재들만이 할 수 있는 일 아닐까?’

하지만 해야 했다. 아무도 나를 통제해주지 않는 비회사원의 하루. 나라도 나를 강하게 채찍질하고 엄하게 관리하고자 데드라인을 만들었고, 그 기준은 공모전이었다. 이렇다 할 문학 공모전은 대부분 '원고지 500~600매의 중장편'을 받았다. 단편 부문도 있지만 중심이 되는 건 역시 중편 이상이랄까. 그건 곧, 최초의 결심인 '글로 먹고살아보자'를 달성하려면, 아니, 그 근처에서 서성거리기라도 하려면 원고지 80매의 단편에 그쳐서는 안 된다는 뜻이었다.

그러나 손도 마음도 쉽게 움직여지지 않았다. 장편소설! 하자! 늘 그래왔듯 당장 한글 프로그램을 열고, 뭐든지 일단 쓰기 시작해야 하는데, 나는 이상하게 머뭇거렸다. 그런 나를 독촉하듯 마침 마감일이 딱 한 달 남은 중장편소설 공모전이 눈에 띄었다.

"아, 이거 너무 하고 싶은데…. 해야 하는데…."

공모전 응모 요강을 볼 때마다 나는 중얼거렸다. 얼마나 여러 번 읽었는지, 내용을 다 외울 정도였다. 하지만 좀처럼 시작하지 못했다. 바라보기만 해도 가슴이 쿵덕쿵덕 널을 뛰는데, 그러니까 내가 이걸 해야 하는데, 단편이 아니라니…. 500매 내외 장편이라니….

당연히 해야지. 어차피 해야 해. 당연히, 어차피.

무계획, 충동적, 철부지, 무모함

그러나 상황은 불확실했다. 과연 '장편소설'이라는 어마어마한 세계가 나 같은 이를 받아줄지는 미지수였다. 가능성이 그리 높지 않아 보였다. 정작 해보지도 않았으면서 무슨 벽이 높네, 못 오를 나무네 하며 지레 겁부터 먹었다. 기세로 밀어붙여 소설을 쓰기는 시작했으나 내 머리는 단편, 원고지 70매, A4지 12페이지에만 우직하게 머물러 있었다. 거기에서 원고지 600매, A4지 100페이지, 즉 단편에서 장편으로 넘어가는 허들은 뛰어넘지 못할 것 같다는 막연한 두려움은 어쩔 수 없었다.

겁이 났다. 하지만 겁이 난 채로 있을 수는 없는 노릇이었다. 그래서 나는 비장의 무기를 꺼냈다. 그건 바로, 여태 삶을 대해온 나의 일관된 정신머리였다.

'몰라, 일단 해.'

과연 할 수 있을까, 전신에 안개라도 낀 듯 희뿌연 의심을 거둘 수 있는 방법은 오로지 하나였다. 그냥 하는 것. 눈을 질끈 감고 일단 해보는 것. 이게 될까? 할 수 있을까? 주야장천 고민만 하다가 결국 어영부영 흘려보내지 않고, 무작정 시작하는 것.

무계획, 충동적, 철부지, 무모함, 제멋대로인 나의 고질적인 성격은 안정적인 인생을 일구는 데는 최악이지만, 이런 경우에는 반짝 빛을 발했다. 원하는 일을 찾아 무작정 퇴사하는 것, 원하는 삶의 모양을 찾아 무작정 해외로 나가는 것, 나와 같은 고민을 하는 이들과 공유하고자 무작정 에세이를 써보는 것.

그 모든 '무작정'과 '일단 해'가 내 삶의 전반을 끌어왔다. 내 인생 대부분의 확실한 순간과 성취를 가져오며 현재의 나를 만들어주었다. 그러니 이번에도 그럴 것이다.

실패할까 봐 겁나? 결국 포기할까 봐 무서워? 그래서 뭐, 어쩔 거야. 안 할 거야? 자문하다 보면 곧장 머릿속에 떠오르는 답은 명확했다. 그건 아니잖아. 그러니까 그냥 해. 일단 해. 별수 없지, 뭐. 어쩌겠어.

이제까지 제대로 읽어본 적도 없는 장편소설이라는 걸 무작정 써보는 것. 일단 하는 것. 누구라도 읽는 글이 되든 그저 내 노트북 속에서 푹 익어가기만 할 원고가 되든, 그런 건 생각하지 않고 무작정 시작하는 것. 그것만이 유일한 해답이었다.

내게 선택권은 없었다.

장편소설이라는 거대한 벽

후우….

나는 심호흡을 하고, 키보드 위에 양손을 조심스레 올렸다. 바탕화면 정중앙에 만들어놓은 '소설' 폴더를 클릭했다. 그곳에는 가지런히 정렬된 원고 파일들이 있었다. 원고지 100매가 최대인 단편소설들이었다. 이내 '새로 만들기'로 폴더를 하나 만들고, 이름을 '단편'으로 지었다. 그리고 파일들을 모조리 그 안으로 옮겼다. 원래 단편밖에 없었으니, 하나하나 확인하지 않아도 되어서 간편했다. 또 다른 폴더를 하나 더 생성했다. 그 폴더의 이름은 '장편'으로 지었다.

한글 프로그램을 열고, 타자를 치기 시작했다.

'아. 뭘 써야 하지. 뭘 써야 긴 글이 되지….'

쓰다 말고, 또 쓰다가 백스페이스 연타…. 자꾸만 멈칫거렸다. 단편이 아닌 장편, 한글 A4지 기준 최소 80장은 넘는 긴 글이라니. 심적인 부담도 부담인데, 나의 허약한 육체도 지금 시작하면 도통 언제 끝날지 모를 장편소설의 거대한 벽에 주춤한 듯했다. 아직 시작도 안 했는데, 벌써 눈이 뻑뻑하고 아무리 의식적으로 곧게 펴도 허리가 뻐근했다. 쿠션이 좋지 않은 의자에 며칠은 앉아 있었던 것처럼 엉덩이가 푸욱 퍼진 느낌이었다. 단편소설도 최소 사흘은 잡아야 하는데 하물며 장편은 어떠랴.

타닥타닥.

겁을 잔뜩 먹은 탓에 평소보다 타자 소리는 느리고, 리듬에서는 휴식이 잦았다. 하지만 멈추지는 않았다. 일단 나는 첫 장편소설을 시작했다.

단편소설만 쓰다 처음으로 '장편소설의 세계'에 발을 들인
나. 시작부터 막막했다. 원고지 80매 내외만 쓰다가 냅다 원고
지 500~600매를 쓰려니 당연히 그럴 수밖에.

그러나 내가 누군가. '몰라, 일단 해' 마인드로 이 정신없는
인생을 이끌어온 인간 아닌가. 내 삶의 모든 가시적인 성취에는
늘 고된 과정과 그에 합당한 시간이 필요했다. 그러니 장편소설
도 역시 그럴 것이었다. 키보드 위에 놓인 10개의 손가락에 '결
코 쉽지 않을 것'이라는 각오를 단단히 실었다.

'…'

일단 시작하고는 싶은데, 뭘 써야 할지 도저히 감이 잡히

지 않았다. 에세이라면 내 이야기를 쓰면 되니까 소재나 주제를 고민한 적이 없었는데, 소설은 A부터 Z까지, 그러니까 스토리의 뼈대부터 캐릭터, 대사, 플롯, 그리고 중간중간 촘촘한 디테일을 넣고 마무리로 완벽한 엔딩까지 오로지 내가 다 만들어내야 했다.

"음…."

하얀 모니터 앞에서 깜빡거리는 커서를 멍하니 바라봤다. 아직 한 글자도 쓰지 않았는데, 머릿속은 이미 몇십 장은 쓴 것처럼 답답했다. 막막하고 갑갑했다. 대체 어디서부터 어떻게 해야 하지? 맨땅에 헤딩하는 기분.

무슨 소설을 써야 할까.

그래서 무작정 검색했다. '무슨 소설을 써야 하는가.' 딱 이렇게 쳤다. 그 당시 나의 마음과 정신을 지배한 단 한 줄이었다. 그랬더니 어느 카페인가 개인 블로그에, 출처는 기억나지 않지만, 나의 막막함을 비집고 들어온 답변이 하나 있었다.

내 이야기를 쓰세요.

나는 고개를 갸웃했다. 내 이야기? 그건 에세이 아닌가? 마우스휠을 천천히 굴리며 그 글을 꼼꼼히 정독했다. 골자는 이러했다. 소설도 글이고, 어차피 내가 잘 아는 것을 쓸 때 가장 빛이 난다. 고로 작가 자신의 이야기나 직접 겪은 일, 어쨌든 남들과는 차별화할 수 있는 무언가를 끌어와서 소설로 만들어라. 그게 시작이다.

행운처럼 찾아온 '소재 요정'

그 조언은 분명 나처럼 처음 소설에 발을 들인 초보자들에게 한 것이었으리라 생각된다. 소재가 없고, 쓸 거리가 없는, 대체 이런 게 이야기가 될 수 있을까 하며 한없이 막막함을 느끼는 건 아무래도 기성작가보다는 신인이나 작가 지망생일 가능성이 클 테니.

나는 랜선 조언을 깊이 새기며 노트북의 메모장을 열었다. 그리고 별안간 내 인생을 되새김질했다. 나는 뭔가. 나는 누구인가. 나는 어떻게 살아왔는가. 나에게는 있고, 남들에게는 없을 만한 경험이 있는가. 하나의 주제로 이어질 수 있는 커다랗고 반짝이는 구슬이 있는가.

하얀 바탕의 메모장을 바라보며 30년 인생을 더듬는데, 순간 머릿속을 번쩍 스치는 단어가 하나 있었다.

'수험생.'

10대에는 대학입시, 20대에는 공무원시험, 30대에는 작가 지망생. 나는 줄곧 수험생의 삶을 살아왔다. 그것도 아주 열심히. 펑펑 놀다가 고2 때부터 미친 듯이 몰입하여 제1지망 대학에 합격했고, 공부하기 싫어 죽겠어서 매일 저녁마다 맥주를 그렇게 양껏 퍼마시면서도 끝내 1년 만에 공무원이 되었으며, 그렇게 방황을 직업처럼 일삼다 30대에는 또 다른 꿈을 찾아 작가 지망생, 즉 다시 수험생이 되었다.

시험과 성장이 젊은 시절의 대부분을 차지하는 한국의 교육 시스템 특성상 나와 같은 인생길을 걸어온 이들이 적진 않겠지만, 나는 어쨌든 나만의 이야기를, 조금 더 특별하게 쓸 자신이 있었다. 10대에도 20대에도, 그리고 30대에도 늘 무언가를 갈망하며, 목표를 향해 달리는 수험생의 삶. 아무리 생각해도 좋았다. 소재도 주제도.

'하아, 이거 좋은데?'

행운처럼 '소재 요정'이 찾아오자 무력하게 굽은 나의 등은 정자세로 펴지고, 손가락에는 곧장 힘이 들어갔다. 이윽고 영원히 공백으로 남을 것 같던 빈 페이지가 검은 글자로 빡빡하게 채워지기 시작했다.

드디어 내가 '완결'을 했구나

그렇게 한 달이 지나고 있었다.

세 번째 챕터의 마무리 부분을 쓸 무렵이었다. 종일 노트북을 붙잡고 있다 보니 동공이 갈라지기라도 할 듯 유난히 뻑뻑했고, 그 피로는 전신으로 퍼져 매일매일이 파김치였다. 시들시들, 비틀비틀. 본격적인 작가 지망생이 되기 전 내가 상상했던 '커피를 마시며 우아한 몸짓으로 여유롭게 글을 쓰는' 작가들의 평화로운 이미지와는 정반대의 양상이었다.

몹시 지쳐갔지만, 원고지 매수가 쌓이고 만족스러운 장면이 하나둘 늘어감에 따라 엄청난 희열이 일고 있었다. 생전 처음 느껴보는 감정이었다. 술로 인해 생긴 취기와는 비교할 수도 없는, 차원이 다른 쾌락이었다. 자거나 쉬는 시간을 줄이고 매일 습관적으로 노트북 앞에 앉았다. 일부러 작정하고 여유 시간을 줄인 것도 아니었다. 그냥 그렇게 되었다. 내가 그러고 싶었다.

그러면서도 남편과의 저녁 산책은 빼먹지 않았다. 매일매일, 나는 같은 얘기를 반복했다. 줄거리, 주인공, 구성 등등. 글을 쓰지 않는 남편은 하등 관심 없는 주제일 텐데도 그저 고개를 끄덕이며 경청했다. 그리고 신기해했다.

"너 이렇게 신나 하는 거, 진짜 오랜만에 본다. 재밌나 보네?"

남편은 내 머리를 쓰다듬으며 피식 웃었다. 머리 안 감았는데 왜 만지냐며, 나는 포효하는 사자처럼 갈기를 부르르 털어내며 그의 손을 떼어냈다. 그리고 다시 조잘조잘 그놈의 소설에 대해 떠들어댔다. 무한반복이었다.

"아, 나 마지막 문장 딱 쓰면, 너무 시원할 것 같아."

두 팔 활짝 벌려 하늘에 대고 외쳤던 그날로부터 얼마 뒤, 마지막 페이지의 마지막 문장을 썼다. 너무, 너어무 시원했다. 정말 다 썼나? 내가 500매를 완성했나? 장편소설을 썼어? 시원하긴 한데 실감이 나지 않아 1페이지부터 100페이지까지 스캔하듯 마우스휠을 빠르게 굴렸다. 내가 이 많은 글을 썼다고? 진짜? 몇 번이나 더 왔다 갔다 한 후에야 비로소 내가 '완결'을 했음을 제대로 인지했다.

그렇게 나는 첫 장편을 완성했다.

그건 현재 내 노트북 구석 깊이 박혀 있다. 지금 그 '수험생' 원고를 읽으면 아마 내 눈을 확 찔러버리고 싶지 않을까. 항마력이 딸려서 도저히 첫 몇 페이지조차 읽지 못하고 덮을 것이다.

실험적인 소설은 아닙니다만

A라는 사람의 인생을 이루는 '수험생 일대기'라는 소재로 10대 대학입시생, 20대 공시생, 30대 작가 지망생으로 나누어서 각각 한 챕터씩 배분해 챕터별로 A4지 30매씩을 채웠다. 쓰는 동안 "야, 이거 재밌다. 완벽해! 엄청난걸?" 등의 근거 없는 오두방정을 떨어댔으나 결과는 대실패. 배경도 제각기, 수험생의 일대기로 엮일 줄 알았던 스토리도 알고 보니 어느새 산산이 흩어졌다. A는 30대에 결혼하더니 갑자기 남편의 불륜을 상상하고는 그의 죄를 '거세'로 다스리는 희한한 망상까지 하는 여자가 되어 있었다.

'실험적인 소설'이라고 감히 우길 수조차 없는 수준이었다. 그만큼 엉성하고, 구성은 괴이하며, 일기인지 뭔지 구분이 안 가는 가벼운 문장은 말할 것도 없는, 아주 그냥 엉망진창 집합소랄까. 아니, 대체 어떻길래 그렇게 엉망진창이냐고? 이해를 돕기 위해 『수험생』의 본문 몇 줄을 감히 공개해본다. 남편과 나란히 소파에 앉아 불륜 드라마를 보던 A가 별안간 상상하는 장면의 일부이다.

단순히 팔다리를 부러뜨리는 정도는 부족하다. 그러니까 언젠가는 기능 회복이 되어 제자리로 돌아오는 정도는 안 된다는 말이다. 그러니 그게 딱이다. 거세. 일부일처제 대한민국의 신성한 혼인 서약이 허락한 상대는 오직 함께 서약한 배우자뿐, 그 외의 이에게 사용한다면 그것은 없어져야 마땅한 상태가 된다. 그러니 화학적이든 물리적이든 제거함이 옳다. 이혼 도장을 찍은 날 밤, 몸조심하라는 문자를 보낼 거다. 물론 협박범으로 신고 당하지 않기 위해 이모티콘 등을 붙인 아기자기한 분위기로. 기한은 이혼 후 반 년 내. 정확한 범행 일시와 장소는 예고하지 않는다. 타고난 염색체의 성질을 언제든 한순간에 잃을 수 있다는 두려움에 벌벌 떨어야 함이 마땅하니. 남성성을 잃은 허무함에 상대가 고발한다면 나는 재판에서 호소하겠다. 주먹으로 가슴을 퍽퍽 치며.

결국 기승전결이 뚜렷한 소설이라기보다는 그저 내가 경험해봤으니 쉽게 가져올 수 있는 소재(대학입시, 공무원시험, 공모전 준비)를 냅다 갖다 붙인 채 주인공 이름만 갈아 끼운 에세이에 가까웠다. 그래서 나는 차마 '소설'이라는 꼬리를 붙이지 못하고 그냥 '첫 장편'이라 부른다. 물론 공모전에도 내보고 출판사에도 투고해봤는데 역시나 결과는 처참한 실패였다.

당시 나는 뭐가 문제인지 이해하지 못했지만, 여러 편을 쓰고 나니 지금은 확실히 안다. 애초에 남들에게 보여줘서는 안 되는 원고였음을. '첫술에 배부르랴'라는 격언을 끌고 와서 합리화할 수도 없을 만큼 낮은 수준이랄까.

돌이켜 보면, 나는 그때 '어떤 소설을 쓸 것인가?' 혹은 '어떤 메시지를 담을 것인가?'에 초점을 두었다기보다는 '내가 장편소설을 쓰고 있다'라는 황홀한 사실에 취해 분량 만들기에 급급했던 게 아니었나 싶다.

'대체 이게 뭐지?'

이 글을 쓰느라 잠깐 그 파일을 열었다가 눈을 질끈 감고 얼른 닫았다. 아으. 미치겠네. 이걸 글이라고 썼어? 똥 아니고? 출판사에 이런 걸 보냈단 말이야! 누웠다가도 벌떡 일어나 민망함에 억지로 덩실덩실 춤이라도 추게 되는, 그 정도로 몹시 창피한 글이다.

하지만 원고의 함량이 어떻든 간에 일단 결말은 냈다. 1페이지부터 100페이지까지, 원고지 1매부터 500매에 이르는 한 편의 글을 쓴 것이다. 프롤로그부터 에필로그까지, 포기하지 않고 완결한 것, 그건 내게 아주 큰 경험이자 자산이 되었다.

기본 플롯 짜기, 등장인물들의 외모, 성격, 말투 및 디테일 세분화, 반전이나 흐름에 대한 힌트 등 흥미 유발 요소 삽입, 같은 단어나 문장이 겹치지 않게끔 애쓰는 노력 등등. 머리를 싸매고 미간을 사정없이 찌푸리며 종일 노트북과 씨름하던 그

지난한 날들.

오직 나 혼자서, 내 머리만으로 500매라는 하나의 소설을, 하나의 세계를 만들어낸 경험이었다. 결코 해내지 못할 것 같던 일을 완성해 뿌듯함이 없힌 자신감이 붙었을뿐더러, '과연 소설이란 무엇인가?'라는 질문에 대한 답을 얼핏 찾은 것도 같았다. 얼핏, 아주 얼핏.

첫 장편을 완성한 다음 날부터 나는 바로 다음 소설을 쓰기 시작했다. 이번에도 소재 요정님이 어렵지 않게 나를 찾아와 주셨다. 그것도 한두 개가 아니라, 그동안 어디 숨어 있었는지 모를 정도로 소재 뭉텅이를 와르르 들고서. 한번 시작해서 끝까지 완성하니 다음은 어렵지 않았다. 쓰고, 쓰고, 또 썼다. 이상하게 체력은 떨어지고 몸은 지치는데, 정신과 눈빛은 또렷해졌다.

저녁마다 남편의 손을 잡고 오로지 소설에 대해 얘기했다. 남편이 본인 얘기를 해도 나는 집중하지 못했다. 오로지 내 머릿속을 차지하는 건 소설, 원고, 사건, 주연, 결말 같은 것뿐이었으니까. 내가 그랬듯 남편 역시 "근데 여주 성격을 좀 세게 만들까? 사투리 쓰면 어때. 내가 또 한 사투리 한다고"와 같은 내 말은 한 귀로 흘리고 자기가 좋아하는 일, 이를테면 데이터 분석 같은 것만 생각했겠다. '산책이몽'이었다.

'아, 좋아. 너무 재밌어!'

한번 완성의 희열을 경험한 나는 멈출 줄 몰랐다. 턱을 비스듬히 치켜들고 아찔한 눈빛으로 모니터를 내리깔며 상상의 나래를 맘껏 펼쳤다. 자의로는 브레이크를 밟을 수 없는 광란의 폭주 기관차였다. 그렇게 쓰고 쓰고 또 썼다. 두 번째는 500매, 세 번째 900매, 네 번째 600매, 다섯 번째 700매…. 매달 몇 개씩 있는 장편소설 공모전에 매번 다른 작품을 제출하기 위해 나는 끊임없이 달렸다.

그렇게 주야장천 소설만 쓰던 어느 날, 나는 새로운 공모전을 발견한다.

+ 스킬 확장 +

시나리오라는 신세계

여행기와 에세이에서 단편소설로, 그리고 단편소설에서 장편소설로 집필의 범위가 넓어졌다. 공모전 마감일을 데드라인으로 잡고, 쓰는 범위를 차츰 넓혀가며 몰두하던 어느 날이었다. 문학 공모전 소식이 모여 있는 사이트 목록을 체크하던 나는 평소 클릭하던 것과는 조금 결이 다른 공모를 발견했다. 다름 아닌 '시나리오 공모전'이었다.

'시나리오?'

불과 지금으로부터 1년도 안 된 당시의 내가 얼마나 무지렁이였냐면, 시나리오가 무언지도 모르는 정도였다. '영화 시나리오'라는 말은 들어봤는데, 그럼 영화인가? 아니면 드라마? 드라마도 시나리오라 하지 않나? 무지함이라는 이름의 돌멩이가 내 머릿속에서 데굴데굴 굴러다녔다.

하지만 괜찮다. 모를 땐 검색하면 된다. 이 세상은 무지렁이도 단번에 척척박사로 만드는 너무도 편리한 시스템을 갖추었다. 고로 나는 검색했다. '시나리오 뜻.'

시나리오(scenario)란?
영화, 드라마, 연극 등의 '설계도'로, 작품의 내용, 장면, 인물의 행동과 대사 등을 구체적으로 써놓은 극본을 말한다.

'흐음….'

시나리오의 정의가 이것인가. 나는 눈을 얄따랗게 뜬 채 모니터를 한참 응시했다. 고맙게도 옆에 이미지로 같이 뜬 시나리오 예시를 보니 비로소 고개를 끄덕일 수 있었다. 그러면 결국 극본이라는 말이니까 내가 아는 그 '대본집' 아닌가?

나는 이전까지 '책'이라면 오직 몽글몽글한 에세이나 일상을 그린 웹툰, 혹은 실용적인 자기계발서만을 읽어왔고, 대본집은 접한 적 없었다. 그저 어디서 보고 '오, 대본 같은 것도 판매를 하는구나? 몰랐네' 하며 입을 헤벌린 채 신기해하기만 했을 뿐. 실제 대본 형식도 이날 처음 마주했다.

처음, 처음, 처음. 모든 것이 처음이었다.

그래도 반년 동안 소설을 써오며 글과는 어느 정도 친밀감을 쌓았다 생각했는데, 그건 경기도 오산이었음을 시나리오가 한 번 더 증명했다. 소설의 첫 페이지를 시작할 때, 백지장 위에서 얄밉게 깜빡거리는 커서를 볼 때의 막막함이 다시 올라왔다. 쓰던 것에나 집중할까? 난 에세이도 여행기도 쓰고, 소설도 쓰고 있잖아. 한 우물만 우직하게 파라는 말이 틀린 것도 아닐 텐데, 내가 지금 너무 오버하는 걸까?

막막함을 핑계로 한 합리화였다.

익숙하지 않은 것에 대한 당연한 '겁' 따위였고, 그렇다는 걸 나 스스로도 인지하고 있었다. 그래서 최초의 다짐을 다시금 되새겼다. 늦은 나이에 찾은 진짜 꿈, 그렇게 오래 방황하고 방랑하다 드디어 발견한 나의 퍼즐. 이젠 정말 1인분의 몫을 하며 살겠다, 죽을 각오로 덤비자, 덤벼보자 했던 나의 굳건한 의지.

'해야 해. 나는 최대한 많은 기회를 만들어야 해. 그러니까 이것도 해야지. 일단 해봐야지.'

글 쓰는 이라면 할 수 있는 모든 일을 해보겠다는 결심을 매일매일 으득으득 다졌으니, 나는 창문을 활짝 열어놓은 것처럼 완전한 오픈 마인드였다. 처음에는 소설도 못 쓴다며 그렇게 손사래를 쳤는데 결국 했잖아, 썼잖아. 그러니까 이것도 가능하지 않을까?

가능해! 난 천재니까!

　응모 자격, 응모 요령, 시나리오 분량, 트리트먼트 분량 등이 담긴 요강 페이지를 마우스로 휘리릭 빠르게 굴려 내리는 동안 내 눈빛은 점점 더 단단해졌다. 마침 그 시나리오 공모전 요강을 발견했던 날은 600매짜리 장편소설을 막 끝냈을 때라 완성의 희열이 남아 있었는데, 별안간 그 희열이 정체 모를 용기로 바뀌어 뜨거운 콧김으로 흘러나왔다.

　'그래, 난 가능해! 할 수 있어! 난 천재니까!'

　스스로에 '나는 웬만해서는 바보'라고 혹독하게 평가하는 나이지만, 이 순간에는 남편의 정신을 빌려왔다. '나는 천재야! 내가 제일 잘생겼어. 내가 최고야.' 사람들 틈바구니에서 이런 생각을 한다며 언젠가 남편이 내 귓가에다 소곤소곤 고백했는데, 당시에는 '얜 뭐지?' 하며 갸웃했던 그 대단한 멘탈을 이렇게 써먹을 줄이야. 남편은 여러모로 내 인생의 귀인이 아닐 수 없다.

　시나리오 공모전에도 어디 한번 도전해보자는 결심을 확고히 하고, 캘린더에 마감 날짜를 기입했다. 그렇게 새로운 디데이가 생겼다. 또 다른 작품 하나를 완성할 기회를 늘렸다.

그런데 문제가 있었다.

'시나리오 작성법', '시나리오 어떻게 쓰나' 등으로 더 검색해봤는데, 아니나 다를까, 극본 쓰는 법은 '무조건 배워야' 한다는 의견이 대다수였다. '배운다'라…. 나는 아랫니로 윗입술을 뭉근하게 깨물어 누르며 쓰읍 입소리를 냈다.

예상보다 비싼 온라인 강의료

해외에 거주하면 생각보다 제한이 많은데, 가장 기본적인 게 이런 거였다. 무언가를 배우기 위해 학원에 다니거나 책을 사거나 하는 일. 강의도 책도 모두 오프라인을 선호하는 나는 직접 가서 볼 게 아니라면 차라리 뭐든 혼자 하겠다는 이상한 고집이 있는 인간이다.

그래도 시나리오는 배워야 한다니까…. 여기서 고집을 끄득끄득 낼 수는 없지 않나. 그래서 온라인 강의와 전자책을 찾아봤다. 있긴 있었다. 있는 정도가 아니라 수도 없이 많았다. 아니 그런데, 생각보다 너무 비쌌다. 너어무.

그러지 않아도 나와 남편, 2인 가구의 가계에 도움이 안 되고 있다는 자책으로 얼룩진 나인데, 강의에 이만한 돈을 쓴다고? 아아, 도저히 안 될 말이었다. '투자'라는 명목으로 시도하기에도 시나리오 작법 강의 수강료는 내 기준에서 도를 넘었다. 책도 상황은 비슷했다. 그나마 가격은 저렴한데, 어째 영 마음에 가는 게 없었다. 이상할 정도로.

그럼 어떻게 해야 하나.

시나리오 공모전 마감일을 달력에 이미 적어버렸으니 이제 와서 '에잇, 못 하겠어!' 하고 발을 뺄 순 없는 노릇이었다. 스스로와의 약속도 못 지킨다면 장차 내가 무얼 할 수 있다는 말인가. 삼국지에나 나올 법한 기개를 뿜으며 나는 다른 방법을 모색했다.

참고할 책도, 다닐 학원도 없는 상황, 온라인 배움은 비싸고 성에 차지 않는 상황. 본격적이고 공식적인 시나리오 작법 배우기를 포기한 이런 상황에서 이글이글한 열의로 인터넷을 뒤지던 나는, 곧 무언가를 발견하고야 만다.

내가 인터넷을 뒤적거리다 발견한 건, 도전하려고 마음먹은 공모전 홈페이지에 무료로 공유되어 있는 온전한 형식의 영화 시나리오 파일이었다. 대충 검색해서 '정의'와 매우 간단한 '예시'만 본 나는 도통 감을 잡지 못하고 있었는데, 뭣도 모르고 그 파일을 열어 후루룩 스캔하듯 읽자마자 눈이 번쩍 뜨였다.

장면, 인트로 넣는 법, 현재형으로 쓰는 지문, 날것의 대사, 각 인물의 첫 등장 표시, 장면 속 혹은 사이사이 적힌 시나리오 용어들….

유레카!

그저 막막하기만 했던 마음이 탁 하고 풀리고, 또 탁 하고 반짝 햇살이 드는 기분이었다. 그래도 살면서 제법 접했던 에세이나 소설은 형식에 대해 딱히 갸웃하지는 않았는데, 생전 처음 마주한 이 시나리오라는 것은 일단 그 형식부터가 문제였다.

그런데 이렇게 딱 예시가 있다니, 심지어 전년도 공모전 당선작들이니까 신뢰도도 매우 높았다. 그래, 이거야. 이거 보고 형식을 익히면 돼. 그러면 독학이 가능해. 봄바람처럼 불어온 '희망'이라는 것이 내 가슴을 두드렸다.

몇 페이지만 보고도 내 안에서 강한 끌림이 솟았다. 곧장 바탕화면에 새 폴더를 만들어 이름을 '시나리오 참고'로 지정한 뒤, 공모전 주최사 홈페이지에 공개된 영화와 단막극 시나리오 파일을 몇 개 다운받아 저장했다. 이제 그 폴더는 내 시나리오 작법 선생님과도 다름없었다. 그렇게 나는 무료 멘토를 구했다.

전년도 당선작 파일과 한글 프로그램을 함께 띄워놓고, 번갈아가며 한 땀 한 땀 장면을 만들어갔다. 처음에는 신(scene) 넘버 쓰는 법조차 몰랐지만, 여러 개의 예시 파일을 비교하며 나만의 넘버링을 새겼다.

S#1. ㅇㅇ고등학교/2학년 교무실(오전)

첫 장면과 함께 나의 첫 시나리오가 시작되었다.

'신 넘버, 장소랑 시간대 적고… 그럼 이제 설명은?'

나 같은 생초보도 명확히 알아볼 수 있는 시나리오 작법의 특징이 몇 가지 있었는데, 그중 가장 인상적이었던 건 바로 이것이다.

지문은 현재형으로, 간단히.

시나리오는 크게 '지문'과 '대사'로만 구성되어 있다고 해도 과언이 아니다. 그중 지문은 장면의 배경, 분위기나 상황, 인물의 표정이나 행동 등을 설명하는 글이다.

S#1. ㅇㅇ고등학교/2학년 교무실(오전)

철수가 문을 열고 들어온다.

안으로 걸어가며 청소 중이던 영희와 눈이 마주치고,

철수는 고개를 확 돌리며 먼저 시선을 피한다.

지문을 읽는데, 나는 연신 고개를 갸웃하며 쓰읍, 의문을 잔뜩 품은 입소리를 냈다.

"뭐지, 이거?"

현재형에다가, 그냥 문장이었다. '나는 밥을 먹는다'와 같은, 그냥 현재형 문장.

항상 문장형과 문체에 신경 써야 했던 에세이나 소설만 써온 나는 적잖이 당황했다. 이거, 그냥 쓰라고? 철수가 영희를 만나는데 곧이곧대로, 직설적으로 그냥 쓰라고? 심지어 '만났다'도 아니고, 아무런 묘사도 없이 '만난다', 이렇게 띡?

하지만 생각해보면 당연했다. 애초에 시나리오라는 건, 배우가 어떻게 연기하고 연출가가 어떻게 장면을 만들지 알려주는 글이 아닌가. 고로 쓸데없는 묘사나 감정 표현은 넣지 않는 게 옳다는 말이다. 현재형으로 심플하고 명확하게 전달하는 것이 베스트였다.

그러나 역시 어색했다.

어색하긴 한데, 동시에 편했다. 아, 그냥 철수가 영희를 만나면, 만난다고 쓰면 되는구나. 둘이 시선을 맞춘다 하면, 그냥 눈을 마주 본다고 쓰면 되는구나. 너희 그냥 만나고, 눈을 맞추는구나! 한 문단 안에 겹치는 단어나 표현도, 그 상황에 맞는 감정이나 분위기를 잘 담아낸 아름다운 묘사도 고민할 필요가 없었다. 고로 매우 편했다.

"넌 대사를 잘 써. 으음, 맛있어"

아아, 나는 벌써 시나리오가 좋아지기 시작했다.

지문 아래에는 대사가 있었는데, 그건 문제가 아니었다. 나는 원래도 대사를 무척 좋아하니까. '대사 쓰는 구간'을 그 어느 부분보다 선호했다는 말이 더 정확할 것이다. 나의 글을 읽고 피드백하는 단 한 사람인 남편 역시 유독 그것에는 칭찬을 아끼지 않았다.

"내가 볼 때, 넌 대사를 잘 써. 으음, 맛있어."

혹시 칭찬할 곳이 없어서 그나마 눈에 잘 띄는 대사를 언급한 것일지는 모르겠으나, 뭐, 어쨌든 상관없다. 내가 대사를 잘 쓰는 건 남편의 매우 주관적인 의견이라 치더라도, 일단 나부터가 대사를 쓰는 걸 매우 좋아한다. 대사를 쓰고 싶어서 소설 하나를 완성하려는 정도랄까.

쓰고 싶은 장면에 앞서 대사부터 반짝 떠오른다. 그 대사로 시작해 장면 하나를 만들어낸다. 그만큼 독백이든 주고받는 티키타카든 인물들의 대사를 중시하고 애정하며, 또 어느 정도는 집착하는 편이다. 그래서 지문과 달리 대사에서는 딱히 당황하지 않고, 그저 탭 키를 이용해 가독성 좋은 대사 작성 형식을 익힌 뒤 쭉쭉 써내려갔다. 물론 탭 키 사용 역시 검색을 통해 겨우 알아냈다.

- 60~70분 단막극 분량: A4지 35매 내외

- 100분 극영화 분량: A4지 70매 내외

　시나리오도 기준은 공모전이었다. 나는 공모전 요강에 따른 일반적인 분량을 채워갔다. 35매 하나를 쓰는 건 생각보다 오래 걸리지 않았다. 구상한 이야기만 있다면야 사나흘 정도 걸릴까. 문장력에 대해 머리를 싸매지 않아도 되니 나의 손가락은 키보드 위에서 더욱 편하게 춤을 췄다.

　그렇게 단막극 몇 편, 영화 몇 편을 완성해가면서 각 편당 보통 몇 개의 신이 필요한지, 보통 한 장면의 길이는 얼마 정도인지 등에 대한 감을 대략적으로나마 익힐 수 있었다.

　시나리오 폴더 속에 만들어둔 '영화', '단막극' 폴더에도 차곡차곡 원고를 채워갔다. 어느 순간부터는 온라인 멘토인 '시나리오 참고' 폴더를 열지 않아도 되었다. 간혹 어떤 장면전환 기법을 쓰고 싶은데 그걸 뭐라 표현하는지 머릿속에 물음이 뜨면, 일단 인터넷으로 먼저 검색해 용어를 알아낸 후 이게 어떻게 쓰이는지 알기 위해 참고 파일을 열었을 뿐.

　본격적인 강의나 책이 아닌, 예전 당선작을 보며 공부한 시나리오 쓰기. 이건 어찌 보면 무척이나 허술해서 어쩌면 다시 처음부터 배워야 할 수도 있겠지만, 일단 나처럼 처음 시도하거나, 처음이니 굳이 냅다 돈부터 쓰고 싶지 않다거나, 독학할 의지가 있는 초보 작가 지망생이라면 나름 추천하고 싶은 방법이다.

한 가지 확실한 건, 시나리오 쓰기는 무척이나 재밌다는 사실!

'아우, 못 해, 못 해' 하며 절대 부술 수 없을 것 같던 장벽을 무한한 열정과 의지가 깃든 망치로 깨부수고, 홀로 하루 종일 모니터를 보고 씨름하며 70개의 신, 100개의 신, 많게는 130개의 신을 만들었다. 나의 글 세계에 시나리오라는 새로운 영역이 추가되는 순간이었다.

"좀 편하게 해, 편하게. 응?"

남편이 노트북으로 글을 쓰고 있는 내 옆에 와서 말했다. 곧이어 언제 잘 거냐고 묻길래 나는 곧바로 시계를 확인했다. 1시 반. 분명 아까 저녁 9시였는데 언제 벌써 하루가 넘어갔지?

"곧 들어갈게. 먼저 자."

밤이 깊었다는 걸 깨닫자 갑자기 눈이 급격히 뻑뻑해져서 실눈을 뜬 채 남편을 침실로 보냈다. 도르륵도르륵. 마우스를 굴리며 오늘 썼던 글을 눈으로 한번 빠르게 훑고는 지끈거리는 오른 손목을 주물렀다. 아프긴 했지만 오늘도 제법 분량을 많이 채웠으니 뿌듯했다. 뿌듯하긴 한데 부족했다. 더 해야 할 것 같았다. 더 쓰고 자야 할 것 같아 불안했다.

불안했다.

30대가 될 때까지 딱히 좋아하는 게 없었다. 애매하게 좋아하는 것들은 제법 많긴 했다. 쉬지 않고 언제나 무언가를 하고 있었으니까. 여행과 모험을 좋아하는 방랑벽 인생이라 현재는 폴란드에 살며 한 달에 한 번은 유럽의 다른 도시로 훌쩍 떠나기도 한다.

그런데 뭔가 부족했다. 어쨌든 주변 환경이나 여행이라는 건, 미치도록 갈망하는 목표가 되기는 어려우니.

나는 그런 걸 원했다. 밤을 새워도 억울하지 않은 일. 눈 뜨면 생각나고 눈 감아도 생각나는 일. 내가 좋아하고 또 잘한다는 확신이 드는 일. 나와 퍼즐처럼 딱 맞는, 내 결의 일. 내 일.

그러다 생겼다. 나에게도 드디어 그런 일이 생겼다. 글이었다.

"됐다. 됐어."

말 그대로 나는 이제 됐다 싶었다. 그토록 원하던 나의 결, 나의 일을 찾았으니 이제 달리기만 하면 된다고. 그래서 달렸다. 하루 종일 내내 오직 그것만 붙잡고 있었다. 하지만 반년이 넘어가는 동안 성과는 없었다. 나는 점점 불안해졌다. 그런 나를 보며 남편은 조급해하지 말라고 했다. 조급해서 될 일도 아니거니와, 네가 지금 그럴 이유가 하등 없다고.

난 아이는 없지만 남편이 있다. 아름다운 유럽에 산다. 여행 가고 싶으면 가고, 먹고 싶은 것이 있으면 어제 먹은 것도 오늘 또 먹는다. 그러니까 남편 말이 맞다. 조급해할 이유가 전혀 없다. 굳이 주먹으로 팍팍 찌뿌둥한 허리 세게도 쳐 가며 새벽바람부터 카페에 쫓아갈 이유가 없고, 노트북에 한글 프로그램을 종일 띄워놓고 머리를 쥐어뜯거나 이마를 퍽퍽 때리지 않아도 된다. 이리 나를 갉아먹을 필요는 없다. 그렇지만 나는 그런다. 굳이 그런다. 평일 5일, 온전한 제 시간도 없이 매일 아침 출근해야 하는 남편을 걱정시키면서까지.

나에게는 성취가 필요했다

불안했다. 열심히 하고 있는데도 늘 불안했다. 빨리 뭘 이뤄야 한다는 혼자만의 압박감, 쉽게 안 되는 일에 전전긍긍하는 조급함. 항상 있었다. 30대라 더 그런지도 몰랐다. 아무것도 이룬 것 없는 30대이니 더더욱 그런지도. 나는 그렇게 생각했다. 내가 아무것도 이룬 것이 없는 것 같고, 그러니 빨리 뭐라도 성과를 내야 한다고.

"조급해하지 마, 편하게 해." 남편은 내 얼굴을 볼 때마다 이렇게 말했다. 내가 그렇게 만들었다. "넌 지금도 충분해. 서른이면 나이 많은 것도 아니야. 넌 아무것도 늦지 않았어. 근데 왜 그렇게 조급해해." 제 회사 일로도 충분히 벅찰 남편이 늘 이런 위로의 말 따위를 하게 만들었다. 얼굴이 얼마나 안되어 보이는지, 눈에는 생기 대신 하등 소용도 없는 급박함만 가득 차 있는지, 남편은 매일 그랬다.

그런데 남편이 그럴수록 외려 나의 불안은 더 거세졌다.

나는 남편에게 죄책감을 가지고 있다. 가족이나 배우자라기보다는 동갑내기 친구 같은 남편인데, 그런 그가 외벌이로 나를 부양하고 있다는 그런 죄책감, 미안함. 빨리 남편만큼 돈을 벌어야 한다는 부담이 마음 한쪽에 늘 걸려 있었다. 그래서다. 남편을 볼 때마다 지끈거리는 손목을 붙잡고 더 빨리, 더 오래 노트북을 두드리는 건.

비단 남편뿐만이 아니었다. 영상통화를 하면 엄마도 아빠도 친구들도 물었다. "너 어디 아파? 안색이 안 좋아. 좀 쉬어."

하지만 그들의 말이 잘 들리지 않았다.

그럴 이유가 없었다. 이제 미치도록 갈망하는 일도 찾았겠다, 여유를 가질 이유가 없었다. 쉴 이유도 없었다. 지금 나는 성취가 필요하니까. 다들 그러지 않나. 더, 더, 더 이뤄야 한다고. 내 걱정을 하는 주위 사람들만 쉬라 하는 거지 세상은 안 그렇다. 그래서 나는 성취가 필요했다. 쥐똥만 한 수입을 내며 나이만 들어가는 이 상황에서 얼른 벗어나야 하므로.

그래서 하루 10시간씩, 정말 못 해도 7~8시간은 노트북 앞에 앉아 있었다. 하루 종일 이것만 생각했다. 당연했다. 당연히 이래야 했다. 그렇게 원하던 목표를 찾았고, 또 지금 당장 가시적인 성과가 필요하니까. 새로이 시작한 소설과 시나리오, 전부터 쓰던 에세이와 여행기. 나는 하루 한 끼의 식사 시간을 제외하고는 내내 노트북과 씨름을 했다. 그 외에는 생각할 수 없었다, 아무것도. 그래도 괜찮은 줄 알았다.

그런데 내 몸에 이상 증세가 나타나기 시작했다.

+ 디버프 +
체력 게이지 바닥

30년 인생에서 겨우 찾은 내 결의 일, 반년 동안 내내 이것만 붙잡고 있었다. 그러다 몸에 이상 증세가 나타나기 시작했다.

가슴 답답, 반절의 호흡, 심한 어깨결림, 새벽에 최소 두 번은 잠에서 깸, 그리고 수면 부족….

주로 이런 증상이었는데, 원인을 알 수 없었다. 글로 써놓으니 별게 아닌 것 같지만 특히 '가슴 답답, 반절의 호흡'은 나로선 제법 심각한 문제였다. 숨 쉬는 것을 의식해야 했는데, 그건 곧 내내 불편하단 뜻이었다.

병원을 다녔다. 그냥 다닌 정도가 아니라 병원 투어를 했다. 최소 5명의 의사에게 증상을 주절주절 설명했다. 내가 특히

‘호흡이 답답함’을 강조하자 대부분의 의사들은 천식을 의심했다. 나도 고개를 끄덕였다. 제법 많은 이들이 ‘후천성 천식’에 걸린다 했으니.

청진기를 대보고, 천식검사도 했다. 결과는 ‘이상 없음’이었다. 천식은 아니었다. 어떤 의사는 심장초음파검사를 권하기도 했다. 다행히 이곳 유럽은 치과보철 외에 웬만한 진료는 무료라 심장초음파검사도 고민하지 않고 했다. 하지만 역시 결과는 정상이었다.

“그럼 뭔가요? 왜 이런 거죠?”

의사들은 잘 모르겠다고 했다. 그중 어떤 의사는 말했다. 정신적인 문제일 수도 있다고. 그러니까 공황장애 같은 것일 수도 있다는 말이었다. 보통 ‘숨 답답, 호흡 곤란’의 연관검색어는 ‘공황장애’이므로.

공황장애? 내가?

나는 그 말을 가만히 생각해봤다. 아, 아무리 생각해도 아니었다. 나는 천직을 발견해서 달리는 지금처럼 신났던 적이 없었고, 설령 스트레스를 받고 있다 해도 이건 분명 쾌감과 희열의 부류였으니.

그래도 어쨌든 의사의 말이니 일단 담아는 두자 하고 있을 때쯤 잠깐 한국에 가게 되었다. 비자 때문이었다. 남편을 유럽에

두고 홀로 간 한국. 나는 비행기를 타기 전부터 다짐했다. 의료 강국인 한국에서 온갖 검사를 다 받으리라. 그래서 이번에야말로 이 답답한 증상들의 원인을 꼭 알아내리라. 정확한 진단명을 밝혀내리라. 반드시 '문제가 있다'는 말을 들으리라.

그리고 한국에 도착했다. 역시 증상은 나아지지 않아서 나는 본격적으로 병원 투어를 시작했다. 주저 없이 40만 원짜리 종합건강검진부터 냅다 했다. 5만 원 아껴보겠다며 비수면으로 위내시경검사를 하다가 요절할 뻔하기도 했다. 결과를 기다릴 때는 긴장과 동시에 어떤 기대감이 피어올랐다.

'분명 뭐가 나오겠지. 나와야 해. 나오면 치료받고 얼른 끝내버리자. 안 그래도 지금 할 일 많은데…'

하지만 결과는 역시 '이상 없음'이었다. 역류성 식도염이 나의 증상과 비슷하여 잠깐 의심했는데, 위내시경검사 결과 역시 너무나 깨끗하다고 했다. 맥이 탁 풀렸다. 여전히 가슴은 답답하고 숨은 반밖에 안 쉬어지는 것 같은 느낌이며 새벽에 두세 번은 깨고 왼쪽 어깨는 무섭도록 딱딱했다. 대체 이게 뭔가 싶었다. 나는 분명 몸이 안 좋은데, 분명 뭔가 잘못되고 있는데, 아무 이상이 없다니.

'천식도 식도염도 아니라면…'

지푸라기라도 잡는 심정으로 집 근처 종합병원 호흡기내과에 방문했다. 머리의 반 정도가 새치로 덮힌 젊은 의사가 말했다, 천식이라고. 무슨 근거인지 그는 확신했는데, 나는 천식검사를 이미 몇 번이나 했다고 얘기했다. 그러자 의사는 약간의 조소를 띠며 말했다.

"동네 병원에서 했죠? 그럼 잘 안 나와요. 증상이 딱 천식인데, 뭘."

별안간 작은 병원들을 무시하는 발언을 하더니 천식검사를 시켰다. 나는 또 그 힘든 천식검사를 해야 했다.

"숨 들이마시고 후우! 길게, 길게! 쭉 빼요."

검사 담당 선생에게 머리를 잡힌 채로 상체를 힘차게 들썩인 노력이 무색하게도 결과는 역시 정상이었다. 결과를 확인한 의사는 목을 긁적이며 약간 당황한 듯 보였다. 천식인데 여기도 잘 안 나왔나요? 묻고 싶었지만 입을 꾹 다물었다. 나는 그냥 천식이 아닌 거였다.

답답한 가슴을 주먹으로 퍽퍽 때렸다. 대체 이건 뭐지? 어디가 안 좋은 게 맞다고. 아니, 내가 심장초음파검사까지 했는데 여기서 뭘 더 해야 해, 그럼? 나는 마음이 답답한 나머지,

답답한 가슴을 몇 번이나 다시 쳤다. 그리고 심호흡을 크게 했다. 그래, 큰 병이 아니라니 다행이라 생각하자. 이상한 증상들은 있지만, 그리고 그것들이 내 삶을 괴롭히고 있지만, 그래도 큰 병이 아니라니까 다행이라고 생각해야 했다. 이제 더 할 수 있는 검사도 없었으니까.

유럽으로 돌아가기 전날, 한껏 결린 어깨나 좀 풀어보자며 집 근처 한의원에 들렀다. 온화한 인상의 한의사 선생님이 계신 곳이었다. 나는 어깨가 아프다고만 얘기했는데, 선생님께서는 다른 증상은 없는지 은은하게 웃으며 물으셨다. 나는 그 얼굴에 마음이 풀렸는지, 갑자기 입도 풀렸다.

"선생님, 제가 병원을 진짜 많이 가봤는데요, 가슴이 답답하고 숨도 반만 쉬어지는 것 같고, 새벽에 자꾸 잠도 깨고 애초에 잠이 잘 들지도 않고요. 또 어깨 이것도 사실 필요 이상으로 너무 뭉치는 것 같아요. 저 이것 때문에 종합검진도 하고 위내시경검사도 하고 진짜 다 했어요. 심장초음파도 찍어봤어요. 근데 이상이 없대요…."

말수가 적은 편인 나답지 않게 주절주절 한탄하듯 늘어놓았다. 선생님은 키보드를 타닥타닥 두드리시더니 어느 순간부터는 내 얼굴을 보고 계셨다. 미간을 살짝 찌푸렸다가 뭔가 고민을 하나 싶었다. 그리고 말씀하셨다.

"자율신경실조증 같아요."

"예?"

나는 처음 들어본 단어에 눈을 끔뻑거렸다. 그렇게 자율
신경계 이상이라는 걸 알게 되었다.

자율신경실조증이란 말을 처음 들은 날, 한의사 선생님은 검사를 해보라 하셨다. 그럼 지금 검사할 수 있느냐 물으니 그곳에서는 검사를 하고 있지 않다고 했다. 드물지만 자율신경계 검사를 하는 병원이 있고, 보다 확실한 결과를 얻으려면 대학 병원에 가면 된다고 조언해주셨다.

어깨에 침을 맞는 동안 나는 급히 인터넷을 찾아봤다. 일단 자율신경실조증이 정확히 무엇인지부터. 교감신경과 부교감신경의 낮은 활성화 혹은 불균형으로 인해 온갖 이상 증세가 나타난다는 신경계 질병이었다. 쭉 나열된 증상을 체크해보니 두통부터 발 저림까지 없는 게 없었다. 그러니까 머리끝부터 발끝까지, 온몸에서 어떤 증상이든 나타날 수 있다는 뜻이었다.

만약 그런 거라면, 정말 자율신경실조증이 맞다면, 40만 원짜리 종합건강검진도 찾아내지 못한 이 원인불명의 증상들이 설명이 되는 거였다.

가슴이 두근두근 뛰었다.

'드디어 알아냈어. 나의 정확한 병명이 뭔지!'

그 순간 만족감을 꾹 누르고 다시 급히 검색했다, 자율신경계검사가 가능한 병원을. 근처에 있는 동네 병원 중에는 없었고, 대학병원은 다음 주부터 예약이 가능했다. 하지만 난 당장 다음 날 출국해야 했다. 이번에는 검사를 할 수 없었다.

나는 다시 답답해졌다. 가장 유력한 후보였지만, 그래도 수치를 통해 나온 정확한 진단은 아니었으니 개운하지 않았다. 하지만 어쩔 방법이 없어 입맛이 텁텁한 상태로 다시 유럽으로 돌아갔다. 어김없이 증상은 계속되었다. 남편한테도 한의원에서 있었던 일을 말하고 함께 건강하게 살아보기로 했다.

그렇게 나와 남편은 식단 관리도 열심히, 유산소와 근력 운동도 열심히 했다. 잠깐 나아지는 듯한 느낌도 들었지만, 증상은 대부분 비슷한 정도로 유지되었다. 대체 뭐 어찌해야 하나 싶었다. 그때 남편이 말했다.

"너, 글 쓰는 시간을 조금 줄여보는 건 어때? 다른 것도 좀 하고. 난 아무래도 그게 영향이 큰 것 같아. 무리하잖아.”

식단도 나름 건강하게 바꾸고 운동도 으랏차 했지만 바꾸지 않은 건 하나였다. 하루 10시간 내리 노트북 앞에 앉아 글을 쓰는 것. 난 그걸 바꾸지 않았다. 바꿔야 한다는 생각조차 하지 않았다. 오히려 남편이 하는 말이 이해가 되지 않았다.

“왜? 나는 너처럼 출퇴근하는 직장인도 아닌데, 뭐가 무리야. 그냥 내가 하루 종일 쓰고 싶은 글 쓰는 건데. 나는 일하는 게 아니야. 그냥 하고 싶은 일 하는 건데 뭐가 힘들겠어. 물론 엄청 잘하고 싶다는 마음이나 공모전에 당선되고 싶다는 미친 듯한 갈망은 있지만, 그건 누구나 당연한 거니까.”

남편은 한숨을 쉬었다.

“뭐가 일이 아니야. 너 일하는 거야. 출퇴근하는 일만 일이 아니잖아. 보면 너 하루 종일 그것만 해. 하루 종일 그것만 생각하고. 그럼 힘들어. 너 주말에도 안 쉬잖아. 좀 쉬어야지. 좀 편하게 해야지.”

편하게, 편하게. 그의 말에 나 역시 한숨을 쉬었다.

“내가 지금, 편하게 할 수 있는 상황은 아니잖아. 솔직히. 나이도 더는 적지 않고, 난 여태 이뤄낸 것도 별로 없는데. 더 나이 들기 전에 뭐라도 해내야지. 그래야 뭐가 맞지. 편하게 하긴 힘들어. 쉬기에도 마감일이 빠듯하고. 나 걱정 안 해도 돼.

그래도 이건 진짜 내가 좋아하는 거야.”

그러자 남편은 질 수 없다는 듯 더 깊은 한숨으로 되받아쳤다.

“그래, 알아. 그러니까 좋아하는 걸 좀 편하게 하라고, 편하게. 누가 너 보고 돈 벌래? 돈은 내가 벌어. 넌 그냥 편하게 해. 아프다며. 아픈데 왜 자꾸 그런 고집을 부리냐고. 쉬어, 좀.”

끝없는 돌림노래였다.

남편과 대화하는 와중에도 ‘아, 빨리 써야 되는데’라는 조급함이 날카로운 가시가 되어 온몸을 콕콕 찔러댔던 탓에 나는 얼른 대화를 마무리했다.

“알았어, 알았어. 편하게 할게, 편하게. 됐지?”

미심쩍은 눈빛이었지만 남편은 일단 넘어갔다. 그리고 같은 날들이 반복되었다. 가끔은 고삐가 풀려 술도 먹고 피자도 먹고 난리가 났지만, 그래도 대부분은 적절한 식단과 운동, 그리고 내리 앉아서 키보드를 치는 날들의 연속.

그러다 얼마 지나지 않아 다시 한국에 갈 일이 생겼다. 이번엔 남편의 비자 문제였다. 3주 동안 있어야 한다고 하여 나역시 남편을 따라가기로 했다. 회사에서 비용이 전액 지원되는 남편과 달리 난 ‘내돈내산’이었지만, 그래도 가는 게 나았다. 붕어빵과 순대국밥이 몹시 그리웠으므로. 그리고 이번엔 진짜, 자율신경계검사도 해야 하니까.

모두 다 '매우 나쁨'

한국에서 겨울 휴가를 보내는 동안 즐거이 지냈다. 그리고 한국에서의 마지막 주, 나는 드디어 자율신경계검사를 하는 병원을 찾아갔다. 검사하러 왔다니까 간호사가 약간 당황스러워했다. 눈치로 보아하니 자율신경계검사를 하려는 나 같은 사람이 거의 없는 모양이었다. 그래도 하긴 했다. 검사는 기계로 진행이 되었는데, 한 번도 다뤄본 적이 없는지 간호사는 내 옆에서 매뉴얼을 보며 하나씩 버튼을 눌렀다.

몇 분 뒤 결과가 나왔다. 나는 일단 진료실로 들어갔다. 의사 선생님 역시 매뉴얼을 보고 계셨다. 결과 해석 매뉴얼이었다. 이건 정말 하는 사람이 거의 없구나, 다시금 깨달았다. 어색한 공기에 눈동자만 데굴데굴 굴리고 있는데, 이윽고 의사 선생님이 말씀하셨다.

"결과가 좋진 않네요?"

"네?"

내 가슴은 두근두근했다. 수많은 병원 투어에서 그렇게나

'문제가 있다'는 말을 듣고 싶었는데 바로 지금 그 말이 나오기 일보 직전이었으니.

"여기 결과지를 보시면, 다 '매우 나쁨'이에요. 매우 나쁨."

의사 선생님은 '매우 나쁨'을 강조하셨다. 맞구나. 아, 나는 자율신경실조증이 맞구나. 이제 원인을 찾았다.

"교감신경과 부교감신경의 균형은 나쁘지 않은데, 다 매우 나쁨이네…."

나는 어리벙벙한 표정으로 결과지를 슬쩍 훔쳐보듯 봤다. 평균 심박수만 제외하고 진짜 다 '매우 나쁨'이라고 적혀 있었다. 이제껏 살면서 내 건강검사 결과지에서 '매우 나쁨'을 본 건 처음이라, 나는 드디어 정확한 진단명을 받았다는 기쁨 따위는 잊어버린 채 서서히 불안해지기 시작했다. 나, 진짜 아파?

점점 그늘이 지는 내 얼굴을 바라보며 의사 선생님은 결과지를 본격적으로 분석하셨다.

"그러니까 이게, 여기 보시면, 정신적인 문제가 있는 건 아니고, 신체적인 저항 능력이 떨어졌다고 보면 돼요. 말 그대로 몸 자체가 스트레스에 취약해진 거죠. 그래서 관리 잘하셔야 해요. 스트레스받지 말고."

저 운동도 하고 식단 관리도 하는데. 그리고 전 진짜, 진짜! 스트레스 안 받는데. 아니, 제가 좋아하는 일 하는데 뭘 그렇게 스트레스를 받겠어요. 나는 이렇게 말하고 싶었지만 하지 않았다. 알게 모르게 스트레스가 쌓였을 거라는 선생님의 답이 예상되었으니까.

대신 나는 물었다.

"그럼 이제 어떻게 하면 되죠?"

나의 물음에 의사 선생님은 모니터를 보며 미간을 살짝 찌푸리셨다. 뭔가 곤란하다는 표정이었다. 그때 나는 결과지의 '매우 나쁨' 글자만 뚫어지게 보고 있었다.

'됐어, 됐어. 괜찮아. 원인을 찾았으니 이제 해결만 하면 돼. 그리고 상쾌한 몸뚱이로 얼른 글을 쓰자. 마감 얼마 안 남았다.'

의사 선생님은 제법 오래 침묵하다 드디어 입을 떼셨다. 그때 나온 선생님의 말씀은 나를 당황케 했다.

S#1. 병원/진료실 안(오후)

정적이 흐르는 진료실 안,

모니터를 보는 의사와 그 옆의 환자용 의자에 앉아 있는 다희.

다희는 검사 결과지를 뚫어져라 본다.

Insert/결과지

- '매우 나쁨'으로 도배된 결과지.

다희는 시선을 들어 의사를 본다.

다희　　선생님, 그럼 이제 어떻게 해야 되나요?

의사는 곤란한 표정이 되고. 모니터에 떠 있는 다희의 검사 결과지와 결과 해석 매뉴얼을 번갈아보며 연신 고개를 갸웃. 다희는 의사를 보며 더욱 긴장하고.
제법 긴 침묵 후,

의사　　그게… 이건 딱히 치료 방법이라는 게 없어요. 주사가 있긴 한데, 그것도 시행된 지 얼마 안 된 거라 확실한 효과가 있다고 하기도 조심스럽고. 그래서 추천 드리기도 뭣하고요.

다희　　(당황한 표정) …예?

나의 '당황한 표정'은 사실 '무척 당황한 표정'이었다.

결과는 나쁜데 딱히 치료법이 없다니. 이상 증세들의 원인은 드디어 찾았는데, 마땅한 해결책이 없다니. 게다가 주사도 추천하기 뭣하다니. 검사 받기 전 3개월 동안 자율신경실조증을 찾아봤을 때 거의 유일한 치료법은 그 주사였더랬다. 그래서 그걸 한 번 더 말해봤더니 의사 선생님은 '효과 장담 못 함',

'다 광고'라는 말씀으로 나를 또다시 당황케 했다.

"그럼… 무슨 방법이 있을까요? 나아지려면. 제가 술을 좀 좋아하긴 하는데…."

묻지도 않았는데 나는 양심에 찔려 갑자기 애주가임을 밝혔다. 보통 사람이 어디가 아프면 일단 해로운 것부터 끊고 보지 않나. 술이나 담배나 밀가루 등등. 그리고 거기에 더해 운동을 시작하고. 그러니까 난 일단 술부터 끊고, 그다음엔 역시 '반듯한 식단과 매일의 운동'밖에 답이 없나 싶어 얼른 물음을 덧붙였다.

"식단 관리하고 운동 열심히 하면 좀 나아질까요?"

나의 물음에 선생님은 고개를 끄덕거리는가 싶더니 다시금 갸웃하셨다. 나는 눈을 게슴츠레 떴다. 아니, 이것도 아닌가? 운동과 식단 관리를 하겠다는데, 이렇게 애매한 반응을 얻긴 처음이었다. 당황할 수밖에 없었다. 뒤이어 나온 선생님의 말씀은 나를 더 혼란에 빠트렸다.

"솔직히 저도 잘 모르겠어요. 자율신경 분야는 공부하는 사람도 적고…."

어리벙벙한 표정으로 선생님을 보고 있으니 선생님은 곧 말을 이으셨다.

"운동하고 술 안 드시면 좋겠죠. 좋은데, 그렇다고 이게 나을 것인가에 대해서는 확답을 드리기 어려워요. 저도 잘 모르니까."

당황의 소용돌이. 의사 선생님이 무슨 말을 하실 때마다 나의 당황은 크레이프처럼 겹겹이 쌓이기만 했다. 원인불명일 때보다 더한 답답함이 올라왔다. 자꾸 모른다고 말하니 점점 신뢰도가 떨어지기 시작했다. 잘 몰라도 그냥 그러면 된다고 차라리 말씀해주시지. 어쩐지 그의 솔직함이 미웠다. 그때 선생님은 조심스레 다시 입을 여셨다.

"근데…."

나는 숨죽여 다음 말을 기다렸다.

"다른 건 모르겠는데, 일단 마음은 편하게 먹으세요."

"네?"

"뭐든지 마음을 일단 내려놓고, 편하게 생각하고… 그래요, 편하게."

"아… 스트레스 관리, 하라는 말씀이신가요?"

"그…렇죠. 그러니까 그냥 다 편하게 생각해요. 이것도 병이다, 생각하지 말고. 크게 의식하지 말고. 지금 외국에서 직장 다닌다고 하셨나요?"

"아, 아니요. 저는 혼자 일해요. 집에서."

"그 일 하는 것도, 마음 편하게 먹어요. 너무 막 그렇게 하지 마시고."

너무 막 그렇게 하지 마시라.

선생님의 말씀을 듣자마자 곧장 내 머리를 스친 건 남편의 말이었다.

–다희야, 편하게 해, 편하게. 지금 네가 급할 게 하나도 없어. 나이도 많은 거 아니고, 늦은 거 아니고. 그러니까 편하게 해. 너보고 빨리 성공하라고 안 해. 그렇게 안 되는 일이야. 모차르트도 10년 걸렸대. 그러니까 마음 편하게 먹어. 너는 내가 있잖아.

아.

나는 무심코 왼손을 들어 인중을 감쌌다.

"아… 네, 감사합니다."

언젠가 다시 한국에 오면 검사를 또 받아보겠다는 말을 끝으로 나는 진료실에서 나왔다. 선생님의 말씀을 곱씹었다.

편하게 해요. 편하게.

새하얀 병원 복도를 걸으며 고민했다. 내가 언제부터 그 편한 마음을 못 먹게 되었는지.

나는 가만히 있는 걸 잘 못 한다. 잠은 많이 자는데, 아무튼 깨어 있는 시간 동안은 계속 무언가를 해야 한다.

일례로 가만히 소파에 앉아서 TV를 보는 걸 못 한다. 하루 종일 무언가 생산적인 것을 하고 더 이상 어떤 것도 할 수 없는 방전 상태가 되었을 때에야 "아이고오, 죽겠다아" 같은 앓는 소리를 내며 눕는다. 뻑뻑한 눈을 깜빡이며 오늘의 웹툰을 후루룩 보다 잠든다.

OTT로 드라마나 영화를 볼 때면, 뭘 먹거나 최소한 술을 마시기라도 해야 한다. 그러니까 맛있는 음식이나 술처럼 일정량 이상의 기쁨을 주는 무언가와 함께하지 않으면, 나는 가만히 앉아 있는 행위를 견딜 수 없어 한다.

밥을 먹고 나서도 벌떡 일어난다. 조금 더 쉬지 못해 아쉬운 남편은 내게 손을 휘적거린다.

"우리 좀만 쉬자. 응? 이따 치우면 되잖아."

남편이 그리 말하면 나는 다시 소파에 털썩 앉아 눈동자를 도르륵 굴린다. 오늘 해야 하는 일들을 머릿속으로 정리한다. 아직 할 일이 산처럼 쌓여 있어. 이러고 있을 시간 없다. 다시 벌떡 일어난다. 그 박력에 남편은 흠칫한다.

"내가 이거 치우고 있을게. 넌 더 쉬어."

"난 같이 쉬고 싶은데…."

곧바로 시무룩해지는 남편. 이럴 때 내가 딱 옆에 앉아 같이 빈둥거려줘야 남편의 마음이 편하리라는 것은 잘 알고 있다. 알고만 있다. 나는 빈 그릇들을 부엌으로 옮기며 남편 마음을 불편하게 한다. 남편은 와이프 혼자 치우게 놔두어 마음이 불편하면서도 소파에서 꾸물꾸물한다. 설거지는 하지 마. 이따 내가 할게. 꾸물꾸물 말한다.

계속 움직여야 한다. 계속 무언가를 해야 한다.

압박이 있다. 가만히 앉아 비생산적인 일을 하면 곧장 죄책감이 들고 마니까. 그럼에도 나는 내가 여전히 '놀고먹는다'고 생각한다. 왜? 출퇴근하는 직장인도 아니고, 남편처럼 따박

따박 가계에 생활비를 보태지도 못하니까. 종일 무언가를 해도 가시적인 성과를 이룬 게 없으니, '오늘도 역시 아무것도 안 했음'이라 한다.

일이든 뭐든 좀 쉬엄쉬엄 하세요. 막 너무 그렇게 하지 마시고.

자율신경계검사 후 의사 선생님이 하신 말씀을 여러 번 곱씹었다. 그 말을 들었을 때는 곧장 이런 생각부터 들었다. '난 일 별로 안 하는데….' 하지만 검사 수치가 말하고, 의사와 엄마, 그리고 남편이 늘 말하니까 한 번쯤 생각해볼 필요는 있겠다 싶었다.

글과 삶의 균형을 잡을 수 있을까

내가 뭘 막 그렇게 하나?

곰곰이 생각해 봤다. 난 언제부터 이렇게 되었나. 언제부터 늘 이런 성취 비스름한 압박을 달고 살았나.

그건 아마 5년 전부터가 아닐까, 하는 결론이 나왔다. 5년 전, 공무원을 그만뒀던 때. 하루가 아까웠던 20대 중반에, 1년이라는 시간을 투자해 얻은 직업을 한순간에 손절하고 돌아섰던 그때. 울며불며 사직서를 쓴 그 어린 날의 나는 그런 마음이었다.

'공무원까지 그만뒀으니 이제 나는 진짜 제대로 성공해야 해. 그러지 않으면 안 되잖아. 진짜 실패한 것 같잖아.'

그래서일까. 평생의 꿈이었던 해외살이를 하면서도 늘 그런 압박감을 품고 살았다. 늘 움직였고, 허투루 쓰는 시간이 있어선 안 된다며 나를 채찍질했으며, 딱 봐도 무리인 '오늘 해야 할 일' 목록을 만들어 주욱 늘어뜨리며 하나씩 박박 지우고 그걸 다 못 채우면 찝찝해했다.

그러다 결국 이 사달이 난 걸까. 검사 결과지에 '매우 나쁨'이라는 글자가 도배가 된 이 사달이.

"아이고야…."

내려놓기로 했다. 이제는 인정하고, 내려놓아야 했다. 어쨌든 건강이 그 무엇보다 중요하니까.

그 숱한 모험과 시행착오로 나는 이제 나와 맞는 결의, 나와 꼭 맞는 퍼즐 같은 삶의 모양을 찾았다. 못 찾을 것 같던 천직 같은 일도 찾았다. 그런데 갑자기 아프면 이게 다 무슨 소용인가. 그러니 이제 내게 남은 일은 하나뿐이다. 성취 압박에서 벗어나기. 빨리 무언가 더 해내고 더 이루고 더더, 더더 많은 것을 해야 한다는 그 쓸모없는 생각에서 벗어나기.

2년 동안은 완전히 죽었다 생각하고 몰입하려 했다. 하지만 세상이 나를 말리고 있었다. 아니, 온 우주가 '제발 쉬어!'라며 나를 소파로, 침대로 잡아끌고 있었다. 이만큼 경고를 줬음에도 변화가 없다면 세상은 나를 손절할지도 모른다. 네 멋대로 해라. 알아서 해. 크게 아파도 나는 몰라? 나는 말했다? 아주 많이.

이것이 내가 일과 삶의 균형을 서서히, 아주 서서히 잡는 것의 첫 신호탄이었다.

"오늘은 좀 쉬자. 오늘만."

완전히 편안하게 바닥에 팩 던져두고 TV 앞에 누워 있지는 못하겠지만, 그래도 나는 쉴 수 있는 사람이 되기로 결심했다. 나로서는 매우 큰 시도였다.

"솔직히 하루는 좀 그렇고. 딱 세 시간만…?"

그러나 곧장 의심이 고개를 빼꼼거렸다. 내가 쉴 수 있을까? 내가 글을 조금 덜 쓸 수 있을까. 과연 나는 글과 삶의 균형을 잡을 수 있을까.

2025년 1월의 어느 날. 여느 날과 다름없는 평범한 하루지만, 1월이고 또 새해라서 잠깐 시간을 내어 해보는 기록.

30대에 찾은 꿈. 늦은 만큼 더 이상 지체할 시간은 없다.

만 나이로는 서른한 살. 기어코 한 살을 더 먹어버린 2025년 1월. 새해를 맞아 지금까지 쓴 원고들을 정리하는 시간을 가졌다. 원고도 정리하고 포트폴리오도 만들 겸 해서 여태 쓴 원고들을 모아 그 모든 글자 수와 원고지 매수를 기록했다.

본격적으로 글을 쓰기 시작한 지 6개월, 짧다면 짧고 길다면 긴 기간 동안 과연 나는 얼마나 썼을까.

2004년 8월 ~ 2025년 1월 (6개월)		
분야		분량	작품 수
소설	단편	원고지 100매 내외	3
	중편	원고지 500매 내외	2
	장편	원고지 700매 내외	3
시나리오	극영화	100분 분량	4
드라마	단막극	60분 분량	3
	미니시리즈	60분 분량(1, 2화)	2
합계			17

한글 프로그램에서 일일이 글자 수를 체크하고, 문서통계에서 원고지 매수를 확인해 기록했다. 그다음 다 더해봤다. 공백 포함해서 총 962,063자가 나왔다.

카운트에서 제외한 건, 가장 처음에 쓴 소설 2개. 지금 보면 진짜 도저히 눈 뜨고는 못 봐주겠어서 노트북 아주 깊숙이, 저 밑바닥 심해로 숨겨버린 2개의 소설까지 합하면 총 100만 자가 넘는다.

고로 나는 6개월 동안 100만 자를 쓴 것이다.

"다희, 너 너무 무리하는 것 같아. 좀 쉬어!"

본격적으로 글을 써보자고, 어디 한 번 나도 무언가를 이뤄내 보자고 다짐한 후부터 남편은 거의 매일 이 말을 했다. 그러면 나는 곧장 반기를 들었다.

"난 일도 안 하는데 뭘 쉬어. 하는 게 없는데."

그러니까 그건 나의 기본 마인드였다.

아르바이트를 했던 이전의 국가들이나 한국이라면 모를까, 유럽에서는 남편처럼 출퇴근을 하는 것도 아니고, 딱히 가계에 도움 되는 돈을 버는 것도 아니었다. 그저 내가 좋아하는 글을 쓰며 하루를 보내는데 그건 뭘 한다고도 할 수가 없지 않나. 그냥 쉬는 거지. 논다고도 볼 수 있고. 그래서 난 남편의 말이 이해가 되지 않았다. 이해를 하려 하지 않았다.

그런데 '1,000,000자'라는 명확한 숫자를 딱 마주하니, 문득 그런 생각이 들었다.

그래도 내가 아무것도 안 한 건 아니구나.

하긴 했구나. 내가 그저 술만 마시진 않았다.

다희야. 야 이, 너 이 자식! 열심히 했구나. 잘했어.

소설(단편, 중편, 장편), 시나리오(단막극, 드라마, 영화)를 모두 합해 17개의 완결 파일을 만들면서 나는 확실한 내 강점을 알아낼 수 있었다.

첫째, 일단 시작하면 어떻게든 완결한다.

둘째, 하루에 정해놓은 분량은 반드시 지킨다.

6개월 동안 이 두 가지를 굳건히 지켜냈는데, 이 역시 남편에 대한 미안함 때문이었다.

'난 사지 멀쩡한데 이렇다 할 돈도 못 벌고 타국에서 그저 남편 외벌이나 시키고 있으니 내가 목표한 것은, 그것만큼은 반드시 해내야 된다. 그것마저 하지 않으면 난 인간이 아니다.'

이런 처절한 사명감이 있었다. 목표량을 끝내지 못한 채 새벽을 맞이하거나 졸리거나 하면 얼굴을 팍팍 때리고 안 그래도 버석한 얼굴에 마른세수를 벅벅해대며 억지로 정신을 깨웠다. 어쩌면 그래서 끝까지 할 수 있었던 것인지도 모르겠지만, 어쨌든 나는 내게 완주하는 힘이 있음을 알아냈다.

나는 성장하고 있었다

성과가 빨리 나지 않아도, 당장 어떤 작은 희망조차 보이지 않아도 나는 이 우직한 힘으로 계속 쓰면 된다. 평생 글을 쓰고 살기로 한 이상 완결을 짓고, 끝까지 쓰고 또 쓰는 일상을 운명처럼 받들어 모실 수밖에 없으니 말이다.

글이라는 것은 쓸수록 는다고 하지 않던가. 6개월 동안 100만 자를 썼더니 내가 보기에도 내 글이 제법 늘었다. 빠르게 훅훅 넘기며 쓰는 블로그 포스팅이 아닌 소설, 시나리오 등 진지한 글의 유일한 독자인 남편도 인정했다. 최근 완결 지은 중편소설을 읽고, 그는 이런 평을 남겼다.

"정말 잘 썼어. 감탄하면서 읽었어, 진짜."

남편은 한없이 나를 오냐오냐하지만, 그럼에도 내가 17개의 파일을 만드는 동안 모든 글을 빠짐없이 읽으면서 부정적인 피드백은 반드시 했다. 빠짐없이. 그런데 이번엔 없었다. 무엇보다 '정말'이라는 희귀한 부사를 썼다.

사실 내가 보기에도 그렇긴 했다.

도저히 멀쩡한 정신으로는 읽기 힘든 완전 초기의 장편과 최근에 완결한 장편 혹은 중편을 비교하면, 아예 저울질 자체가 불가능한 정도랄까. 난 자신에게 무척이나 깐깐하게 잣대를 들이대는 편인데, 그럼에도 그나마 덜 부끄러운 글들이 있다(전혀 안 부끄러울 수는 없다). 그리고 그건 다 최근에 쓴 것들이다.

가장 최근에 완성한 소설과 시나리오는, 다른 건 몰라도 얘네들은 자신이 있다. 17개 중 딱 3개 정도는 자신 있다. 옆도 뒤도 보지 않고 소처럼 앞만 보고 쓰기만 하다가 이번에 정리하고 돌아보니까 알 것 같았다. '6개월에 100만 자'라는 나의 행적은, 그 과정에서 정말 많은 것을 깨닫게 했고, 또 나를 아예 다른 차원으로 올려놨다는 것을.

내가 생각해도, 정말 나는 많이 성장했다. 결코 아무것도 안 하고 논 건 아니라는 거다.

이건 다 남편 덕이다.

솔직히 내가 남편처럼 회사에 다녔으면, 그래서 매일 출퇴근했으면 100만 자는커녕 10만 자도 못 썼을 것이다. 직장인이었을 때 했던 건 퇴근 후 누워 있기가 고작이었다. 그래서 난 직장인 겸업 작가들이 가장 대단하다고 생각한다. 아니, 어떻게 퇴근하고 운동하고, 퇴근하고 글을 쓰지?

그 대단한 일을 남편은 하고 있었다. 그것도 아주 오래전부터. 퇴근하고 공부하고, 주말에도 나랑 꼭 여행하고 틈틈이 또 공부하고. 나는 그런 남편이 있기에 100만 자를 쓸 수 있었다.

"다희야, 너는 하고 싶은 일을 해. 돈 걱정 말고. 돈은 내가 벌어. 그러니까 넌 글만 써. 행복하게."

이렇게 말하는 남편 덕이다.

글자 수를 정리한 건 1월 첫째 주 일요일이었다. 다음 날인 월요일부터는 또 새로운 작품을 시작했다. 혼자 완성고를 쌓아가는 것도 재밌긴 하지만, 그래도 얼른 세상에 내보이고 싶은 마음은 글 쓰는 이로서는 역시 어찌할 수 없는 것 같다.

　공모전에 제출하고 나면 그때부터는 내 통제를 벗어나니 나는 더 신경 쓰지 않고 다음 작품을 쓰기로 한다. 계속 준비하고 쓰고, 또 준비하고 쓰고. 그렇게 100편, 200편을 쌓아놓으면 언젠가는 나에게도 반짝이는 기회가 오겠지.

　열심히 하자.

　수고했다, 나 자신. 열심히 하자.

　언젠가는 분명 기회가 올 거야.

　기죽지 말고, 열심히 싸워!

+ 필드 이동 +
웹소설은 쳐음입니다만

또 하나의 도전,
웹소설

우직하게 홀로 글 쓰던 반년, 나는 점점 미쳐 돌아갔다.

재밌어. 쓰는 건 너무 재밌었다. 내가 만들어내는 글의 세계, 세계관 속에서 팔팔 뛰어노는 주인공들과 그들이 신명 나게 이끌어가는 장면들. 기막힌 대사가 번쩍이고, 그것으로 이루어지는 황홀한 장면이 나왔을 때의 희열이란, 여태 겪어보지 못한 그야말로 대단한 감정이었다.

그러나 나 외에는 아무도 읽지 않는(남편이 보기는 하나 그는 글을 쓰지도, 문학 분야 전문가도 아니므로 논외로 친다) 글을 쓰고 또 고치고, 공모전에 제출하고 또 새로운 파일을 열어 처음부터 홀로 채워나가고, 또 고치고, 제출하고 또, 또….

반절만큼만 쉬어지는 숨도, 글에 몰입할 때만큼은 괜찮아 졌으니 나는 더더욱 글, 글, 글, 오직 글, 글, 글이어야 했다. 쓰 고, 쓰고, 완성해서 공모전 제출하고, 또 쓰고, 또 완성해서 다 른 공모전에 제출하기를 반복했다. '초고-퇴고-제출' 사이클의 무한 달리기였다.

언제부턴가 나는 나도 모르는 새 1일 1식을 하고 있었다. '밥 먹는 시간이 아깝다'는 느낌은 난생처음이었다.

다이어트를 할 마음이 일절 없었음에도 나는 눈에 띄게 살이 빠졌다. 제발 이놈의 살 좀 빠지라고 열심히 식단을 조절 하고 공복 운동을 하며 죽어라 애쓸 땐 안 되던 일이었다. 참 놀라웠다.

그 정도로 나는 열심히 했다. 정말 열심히 했다. 아예 이것 밖에 없었다. 고로, '솔직히 이쯤 되면 작은 결과라도, 딱 하나라 도 나와야 하지 않아?' 이런 생각의 흐름이 제법 자연스러웠다는 말이다.

6개월 했다. 혹자는 이에 대해 혀를 쯧쯧 찰 수도 있다.

"에이, 고작 6개월 해놓고? 뭐, 그리 징징대. 울더라도 적어 도 몇 년은 하고 울고, 징징대야지." 이렇게 말하면서. 틀린 말 이 아니다. 몹시도 정확하고, 옳은 말이다. 나 역시 이 절대, 결 코 쉽지 않을 길에 들어서면서 '최소 2년은 엉덩이를 바짝 붙이고 있어야 겨우 뭐 하나 될까 말까겠지?'라고 생각했으니까.

그러나 그 최초의 다짐은 시간이 지날수록 차츰 흐려졌다. 쉬는 시간도 없이, 쉬는 날은 당연히 없이 매일매일 이것 하나만 붙잡고 살았는데. 다른 일이라고는 일절 신경도 못 쓰고 딱 이것만 바라보고 살았는데. 왜, 대체 왜 아무것도 없지?

몇 번 도전해본 투고도 모두 반려, 공모전은 당연히 탈락. 내가 100만 자를 썼다는 가시적인 통계치를 확인하고 나서 스스로 뿌듯해하던 것도 잠시, 이틀 후부터는 외려 더욱 마음에 짙은 그늘이 드리웠다.

데이식스의 <HAPPY>나, 애니메이션 <디지몬 어드벤처>의 OST인 전영호의 <Butter-Fly> 같은 동기부여 노래를 듣고, '해가 뜨기 전이 가장 어둡다' 등의 동기부여 영상을 보고, 매일매일 좌절하며 다시 매일매일 노트북을 켰다. 그나마 다행인 건, 내가 회복탄력성이 좋다는 점이다. 출판사로부터 반려 메일을 받아도, 나름 기대했던 공모전 예심조차 넘지 못했어도, 그래서 끝도 없는 막막함을 안고 잠들었다가도 다음 날 아침이면 개운하게 리셋이 되었다. 새로운 마음으로, 새로운 희망을 가지고 다시 손가락을 움직였다.

그것의 반복이었다. 그런데 어느 순간부터는 그 리셋도 점점 빛을 잃어갔다. 노트북의 새하얀 화면을 멍하니 보며 나는 중얼거렸다.

내가 버티게 해줘.

그런 힘을 줘. 제발.

점점 힘이 빠졌다. 남편한테 말하니 "드라마나 영화 봐. 보면서 좀 쉬어. 쉬엄쉬엄해"라고 답했다. 쉬엄쉬엄. 한시가 급한 나에게는 한숨만 나오는 늘 비슷한 제안이었다. 그래서 받아들이지 않았다. 그런 단순한 도파민이나 쉼 따위로는 해결되지 않을 문제였다.

내가 만드는 세계에 몹시도 집중한 탓에 다른 콘텐츠가 눈에 들어오지도 않았다. 소파에 가만히 앉아 있으면 뭘 쓰고 싶어서, 이렇게 나태하게 있을 게 아니라 당장 뭘 써야 할 것 같아서 엉덩이가 들썩거렸다. 그러니 어차피 편히 쉬지도 못할 것이었다.

인위적인 동기부여에는 분명히 한계가 존재했다. 나는 다른 힘이 필요했다. 버틸 힘, 내가 이 무한한 기다림 속에서 희망을 포기하지 않고 끝까지 이 일을 잡고 갈 힘. 단 한 줄기의 빛. 그런 게 너무도 절실히 필요했다.

지금 뭐가 있어야 하지? 내가 지금 뭘 해야 하지? 뭘 다른 걸 해야 이 막막함을 뚫을 수 있을까. 심각하게 고민했다. 그렇게 미간을 한껏 찌푸린 채 고민하면서도 내 손은 습관처럼 들어가보는 공모전 사이트에 자연스럽게 접속하고 있었다.

도르륵, 도르륵.

사냥감을 찾는 맹수의 눈빛으로 도전해볼 만한 공모전을 찾는데, 이내 무언가 시야에 잡혔다. 다름 아닌 '웹소설 공모전'이었다.

"웹소설…?"

그 세 글자를 읽자마자 내 머릿속을 번뜩 스치고 간 건 '폭군 황제', '전무님의 비서', '이세계 악녀에 빙의' 등등이었다. 소설과 마찬가지로 웹소설 역시 읽어본 적은 없다만, 매일 들어가는 초록창 메인 페이지에서 그 목록이 자주 보였던 터라 모를 수는 없었다.

'음… 웹소설이라….'

인기 웹소설을 제목만 훑어보면서 '제목이 다 왜 이렇게 길어?'라는 실없는 생각을 했던 나였다. 읽어본 적도 없는데 써본 적이 있을 리 만무했다. 우선 내가 쓰던 '소설'과 이 '웹소설'의 차이도 정확히 알지 못했다.

나는 잠깐 고민했다. 과연 내가 '폭정을 일삼는 황제에게 집착의 대상이 되는 시녀'나 '매일 완벽한 수트를 갖춰 입는 차갑고 도도한 이사님의 마음을 훔치는 비서' 이야기를 쓸 수 있을까. 쓰-읍. 도저히 나와 결이 맞지 않아 보였다.

도르륵도르륵 다시 휠을 굴렸다.

공모전 요강 아래에 콕 박힌 '상금'이 보였다. 나쁘지 않았다. 아니, 꽤 많았다. 웹소설이 유행이라더니, 공모전 상금도 장르의 인기에 따라 책정되는지 웬만한 문학 공모전보다도 높은 금액이었다.

흐리멍텅한 눈빛으로 공모전을 살피던 내내 들었던 '뭔지도 모르는 웹소설을 내가 어떻게 써'라는 마음은, 기대 이상의 상금을 보자마자 연기처럼 흩어졌다. 동시에 흐릿한 회색빛 눈깔도 반짝 생기를 되찾았다.

'어? 이러면, 안 할 수 없지. 일단 해봐야지. 암. 그렇고 말고.'

'몰라, 일단 해' 정신이 다시금 튀어나온 순간이었다.

그렇지만 이사님, 전무님, 비서, 계약, 결혼 등등의 키워드로 이루어진 이야기를 지어내는 나의 모습은 여전히 그려지지 않았다. 그런 건 시도해본 적 없거니와, 나 자신이 그리 선호하지 않으니까. 그래서 혹시 다른 웹소설 장르 혹은 종류가 있는지 찾아봤다.

현로, 로판, 동로, 회빙환, BL…

웹소설은 크게 여성향과 남성향이 있다. 말 그대로 전자는 여성 독자를 타깃으로 한 로맨스가 중심이고, 후자는 남성 독자를 타깃으로 한 무협, 판타지가 중심이다. 후자는 접근도 못할 것 같아 일단 제외했다. 그러니 남은 건 여성향.

여성향 웹소설 세계에는 생각보다 다양한 판들이 존재했다.

대기업 전무님과의 아슬아슬한 계약결혼이 대표적인 현대 로맨스, 일명 '현로', 살인귀 북부대공이 집착하는 악녀인데 사실은 빙의자 같은 로맨스 판타지, 일명 '로판', 조선시대 등 과거를 배경으로 하는 동양 로맨스, 일명 '동로.' 현로, 로판, 동로 안에서 주 키워드가 회귀, 빙의, 환생인 일명 '회빙환', 그리고 남녀가 아닌 남남의 사랑, 보이즈 러브(Boys Love)를 다루는 'BL.'

나는 온갖 웹소설 플랫폼을 길거리 장터 구경하듯 돌아다니며 하나씩 목록을 살폈다. 현로, 로판, 동로, 회빙환, BL… 이 중에 난 뭘 쓸 수 있을까. 뭘 하면 내가 이 마감 두 달 남은 웹소설 공모전에 무난히 참가해서 제출까지 완료할 수 있을까.

여성향을 대표하는 저 5개 분야 중에서 어느 하나를 탐색하던 내게 번뜩 스토리 하나가 번개처럼 스치고 지나갔다.

'아! 그거.'

꽤 오랫동안 내 가슴 깊은 곳에서 뛰놀던 이야기였다. 이걸 글로 한번 써보고 싶다는 생각만 해도 쿵쾅쿵쾅 심장이 요동을 쳐대는데, 차마 일반 소설로 쓰기에는 너무나 피폐하고 하드한 데다 온갖 잡동사니를 모은 거라, 내 마음속 깊고 깊은 서랍 구석에 고이 넣어둔 스토리.

'아무래도 그건 좀⋯.'

아무리 생각해도 무리였다. 그 정도 수위의 다크함과 피폐함을 어떻게 세상에 내보일 수 있겠어? 여차하면 잡혀간다고. 철컹철컹. 사실 성인 두 명의 이야기인데, 그 둘 사이에서 뭘 어떻게 한들 나를 잡아갈 수 있는 합법적인 방법은 없다. 하지만 상상하는 것만으로도 가슴이 찌르르, 침이 꿀꺽 삼켜지는데 그런 걸 글로, 장면으로 구현해도 될까? 애초에 그런 이야기를 받아주는 장르가 있을까?

딸깍, 딸깍.

에이, 안 되겠지. 그냥 상상만 하자, 상상만. 이미 포기한 듯 중얼거렸지만, 한껏 빨라진 마우스의 움직임과 좌클릭에서 '나 그거 쓰고 싶어 죽겠어!'라는 속내가 그대로 드러나고 있었다.

그런데 어쩐지 가능해 보이는 풀이 있었다. 어? 이 장르에는 쓸 수 있겠는데? 생전 듣도 보도 못한 피폐물들이 줄줄이 사탕처럼 이어진 여성향 장르였다. 웹소설 독자들이라면 이쯤에서 저 5개 중 어느 것인지 알 것이다. 그만큼 독보적이랄까. 나는 정말 깜짝 놀랐다. 아니, 글이 이래도 돼? 몇 작품을 읽으면서도 내 눈을 의심하고, 아무도 없는 거실을 괜히 휙휙 두리번거렸다. 이거… 이런 인터넷에 올라와 있어도 괜찮은 거야? 아찔했다.

아찔해서 보기만 해도 입술이 바짝바짝 타들어갔다. 그러나 방법은 이뿐이었다.

깊숙이 묻어둔 그 이야기를, 결코 세상에 내보일 수 없을 것 같던 그 스토리를 양지로 꺼낼 유일한 기회이기도 하거니와, 이미 대략적인 세계관과 캐릭터가 잡혀 있어 두 달 남은 웹소설 공모전에도 들고 나갈 수 있는 그런 여성향 장르. 유일한 웹소설 판.

'그래, 이거다.'

콧등 위에 헐렁하게 걸쳐져 있던 안경을 제대로 고쳐 쓰고 마우스를 딸깍거렸다. 그리고 문학 공모전 캘린더에 '웹소설 공모전' 마감일을 당당히 기록했다. 이제 됐다. 이제 또 하나의 도전이 시작되려 한다. 반드시 지켜야 할 데드라인도 정해졌겠다, 내 안에서 뭉게뭉게 흐릿하게나마 형체를 잡고 있는 스토리도 있겠다, 모든 준비는 완료된 상태였다.

이제 남은 건 딱 하나였다.

그런데 그 하나가 제법 큰 문제였다. 본격적으로 웹소설을 시작하고자 무작정 새 한글 파일을 연 나는 이내 자못 심각해졌다. 하얀 화면을 보며 혼잣말처럼 중얼거렸다.

"아니, 근데 웹소설은 어떻게 쓰는 거지?"

공모전에 진지하게 임하기 전까지, 나는 웹소설을 써보기는 커녕 읽어본 적조차 없었다. 시각적이라 간단히 소비하기 편한 웹툰 분야에서는 나름 '헤비 독자'라 할 수 있는데, 웹소설은 아니었다. 애초에 웹소설이 정확히 무언지도 몰랐다. 그래도 기죽지 않기로 했다. 우리에겐 인터넷이라는 큰 축복이 있으니까.

나는 곧바로 검색했다.

웹소설이란?

인터넷에서 연재되는 소설.

웹사이트나 앱에서 작가들이 직접 올리는 연재 형식의 소설.

으음…. 내 눈에 인상적이었던 건, '작가가 직접'이라는 요소 1과 '연재 형식'이라는 요소 2였다.

보통의 소설은 단편이든 중편이든 장편이든 시작부터 끝까지 후루룩 한글이나 워드 프로그램으로 써서 완고를 만들고, 그걸 출판사에 투고하거나 공모전에 제출하는 게 일반적이다. 요즘에는 공개적인 플랫폼에 올리는 경우가 있다고는 하지만, 그럼에도 여전히 소설은 작가들의 노트북에 묵혀 있다가 어느 날 갑자기 완전한 모습으로 짠, 알을 깨고 세상에 나타나는 경우가 대부분이므로.

'직접 연재를 한다니? 그럼 내가 웹소설 플랫폼에 회원가입을 해서 글을 올리는 건가?'

이 당황스러움은 글을 직접 올려야 한다는 부담감에 기인한 감정은 아니었다. 다소 컴맹 기질이 있긴 하지만 나름 블로그나 브런치를 오래 해왔기에 플랫폼에 직접 연재하는 방식은 익숙했으므로. 하지만 문제는 따로 있었다. 바로 '공개성'이었다. 일기 같은 에세이를 공개하는 것과, 나만의 흑염룡을 그득그득 담은 비밀스러운 소설을 온 천하에 공개한다는 것은 천지차이니까.

'내 글을, 내 머릿속에서 만들어낸 세계관과 인물이 뛰어노는 이야기를, 사람들이 본다고…?'

웹소설을 올리기는커녕 웹소설의 '웹' 자도 시작하지 않았는데, 왠지 나는 혼자 부끄러워했다. 동시에 어떤 설렘이나 기대가 고개를 쳐들었다.

'과연 독자들이… 재밌다고 느낄까?'

반년 동안 늘 혼자 써왔다. 독자는 오로지 단 한 명, 남편밖에 없었고. 그 독자의 피드백은 꽤 날카롭다고는 해도 필히 객관성이 떨어짐이 분명한 탓에 매번 반신반의했다. 내 글이 괜찮은지, 재밌는지, 그래서 계속 써도 되는지 도통 가늠이 되지 않았다.

세상에 내보이면 반응을 볼 수 있다. 나 역시 여러 웹툰의 애독자로서 다른 독자들의 반응 보기를 즐기는 편이라 확실히 알 수 있었다. 이걸 공개하면 호평이든 혹평이든, 칭찬이든 비난이든, 아니면 비판이든 욕이든 간에 일단 오롯이 '객관적인 눈'을 단 이들에게 평가를 받을 수 있으리라. 플랫폼에 회원가입을 하기도 전인데 나는 때 이른 두근거림을 느끼며 들떠 있었다.

어그로? 필요하면 끌어야지!

웹소설의 정의는 이제 알 것 같았다. 그럼에도 정확하게 온몸에 와닿지는 않아 기성작가들의 웹소설을 몇 편 읽어보았다. 결이 다른 몇 작품을 읽고 비교하면서 나는 얼추 깨달은 듯 고개를 주억거렸다. 나름의 결론을 지을 수 있었다.

필력이나 문체, 개연성 등도 모두 중요하지만, 일단 웹소설은 다음 화를 읽고 싶어지게 만드는 게 가장 중요한 일인 듯 보였다. 물론 대부분의 글이 그래야 하지만, 웹소설은 각 화가 나뉘어 있으니 더욱 그랬다. 마지막 장면에 일정량의 후킹이라는 게 반드시 들어가야 한달까? 마치 일일드라마처럼.

그렇다면 매 화마다 독자들이 '아이고야, 이럴 수가!' 깜짝 놀라면서 끝나야 하나?

어떨 때는 끝내주는 대사로 끝내고, 또 어떨 때는 '그런데 그때' 등을 적절히 이용해 궁금한 타이밍에 자름으로써 독자들로 하여금 '아, 이건 당장 다음 화를 보지 않고서는 견딜 수 없어!'라며 손톱을 잘근잘근 물어뜯게 할 만큼은 해야 한다는 말이다. 어쩌면 그것이 웹소설의 정체성일지도 모를 일이다. 그만큼 웹소설의 세계에서는 자극성, 어그로 등이 중요하게 작용한다고.

어느 정도 이 새로운 분야를 파악하자 나는 살짝 거부감이 들었다.

'내가 자극적인 걸, 쓸 수 있을까? 그런 식으로 써본 적 없는데….'

새로운 모험지에 발을 들일 때면 귀신같이 쳐들어오는 막막함이었다.

'그래도 해야지. 나는 늘 새로운 도전을 해왔어. 이번에도 할 수 있어. 자극? 필요하면 넣어야지. 어그로? 필요하면 끌어야지!'

형체가 흐려지려는 의지를 다잡고, 세상에 내보여도 되나 싶은 피폐한 이야기를 한 장 한 장 정성스럽게 써내려갔다. 그렇게 생애 첫 웹소설 1화를 작성했다. 그리고 바로 플랫폼에 올렸다. 웹소설은 매일 연재 혹은 격일, 길어야 3일 간격 연재를 해야 하기에 보통 10화 정도는 비축분을 두고 시작한다는데, 당연히 그 사실을 알 리 없던 나였다.

이미 엎질러진 물, 돌이킬 수는 없었다. 10초 만에 지은 필명으로 업로드한 1화, 나의 새로운 세계. 그리고 그 순간부터 무한 새로고침에 갇혀버린 나. 1화의 조회수는 점점 늘어나기 시작했다.

얼마 후 첫 댓글이 달렸다.

웹소설의 세계에 들어서기로 작정하고, 무료 연재 플랫폼에 초반 몇 화를 올려놓은 어느 날이었다.

한 번도 울리지 않고 그저 고요함을 유지하던 알림창에 드디어 '1'이라는 빨간색 숫자가 반짝 떴다. 무심코 그걸 확인했을 때 나는 가던 걸음을 멈추고 급격히 들뜨는 가슴을 길거리에서 진정시켜야 했다. '어! 이거 분명 댓글일 텐데, 댓글일 텐데….' 휴대폰 화면을 더듬는 내 손끝은 긴장감에 파르르 떨리기까지 했다.

처음이었다. 내가 만들어낸 세계관과 캐릭터들이 뛰노는 소설 형식의 글을 세상에 내보인 것은. 남편 외에 다른 누군가,

얼굴도 이름도 모르는 사람이 나의 소설을 읽는다는 것은.

게다가 웹소설에는 필명을 썼다.

출간한 에세이나 블로그, 브런치 글은 '이다희'라는 내 실명이나, 남편이 부르는 애칭에서 파생된 '다롬'이라는 있으나 마나 한 별명으로 써서 기존 독자들이 있고, 그래서 한결같은 응원을 받고 소통을 이어왔다. 글 자체가 어떻든 간에 반응에는 큰 변수가 거의 없었다는 말이다.

하지만 웹소설은 아예 다른 판이었다. 아무도 나를 모르고, 더군다나 웹소설계에서는 완전한 신인. 고로 오로지 글 자체로만 승부를 보는 정직한 싸움이었다. 혹여나 내가 기죽을까 눈치를 살피며 "일단, 재밌어. 재밌기는 해"라고 영 미덥지 못한 피드백을 깔고 들어가는 남편과 달리, 회칼처럼 날카로운 평가를 받으리라.

무지성 비난만 아니면 돼. 좋은 말이 아니라 비판이어도 상관없어. 반년 넘게 혼자 벽 보고 쓰면서 얼마나 고독했고, 또 얼마나 외로웠나. 다른 이들의 객관적인 시각으로 보면 내 소설의 매력도나 작품성 등이 어떤지 얼마나 궁금했나. 그러니 다 받아들일 수 있어. 그 어떤 댓글이든!

나는 인도 한복판에서 의도치 않게 길막을 하며 5분 동안 스스로를 달랬다. 비판도 괜찮다 했지만 사실 깊은 속내로는 칭찬을 듣고 싶었던 것일까. 혹시라도 부정적인 댓글일까 봐 나는 검지로 알림 표시를 콕 찍으면서 동시에 활짝 편 손바닥으로 황급히 화면을 가렸다.

…

…

…

끼야웃!

몇 초 후, 에라 모르겠다며 손을 확 치우고 현실을 마주했다. 누가 뭐래도 난 내 소설 좋아해. 별안간 태도를 당당히 뽐내듯 눈머리 근육을 넓히며 동공을 크게 키웠다. 어떤 반응도 의연히 받아들이겠다는 장군의 기개와도 같았다. 곧 내 시야에는 무언가 잡혔다. 댓글이었다.

어? 재밌어요.

어? 재밌어요. 어? 재밌어요. 어? 재밌어요.

어? 재밌…으시대!

씰룩씰룩. 억세게 힘을 주고 있던 이목구비에 긴장이 풀리고, 이내 숨길 수 없는 미소 따위가 입가에 경련하듯 엎어졌다. 재, 재밌나? 정…말…? 무려 '1화'에 달린 그 댓글을 뚫어져라 응시했다. 한참이나, 여전히 길막하며. 폰 화면이 뚫릴 듯 나의 눈빛은 이글이글 타올랐다. 한껏 넓혀진 콧구멍에서는 흥분 섞인 뜨거운 콧김도 부르르 새어 나왔다.

'재밌나 봐!'

언젠가는 빛나는 기회가 올 거야

지인이나 친구, 가족은 절대 아니었다. 웹소설을 쓴다는 건 남편 외에는 그 누구에게도 알리지 않았으니까. 남편은 저런 강렬하고 깔끔하며 파워풀한 댓글을 고안해낼 센스를 지니지 못했으니 남편도 아니었다. 그러니까 정말 모르는 사람이었다. 모르는 사람이 내 소설이 재밌다고 했다!

'정녕 재밌게 보셨습니까, 선생님!'

얼굴도 나이도 이름도 모르는 독자를 향해 극존칭을 쓰던 나는 문득 하늘로 고개를 휙 꺾었다. 봄과 여름 사이의 청명한 하늘. 어렴풋한 설렘과 희망이 뭉게뭉게 떠다니는 나의 이 일렁이는 마음으로 퐁실퐁실한 구름을 만들어 저 깨끗한 하늘에 올려보낼 수 있을 것 같았다.

'아, 이거야. 난 이런 게 필요했던 거야.'

나는 버티는 힘이 필요했다. 크든 작든 그 어떤 기회라도 얻고 싶은데, 실낱같은 희망은 보이지 않았고 가까스로 찾은 내 일이라 절대 포기할 수도 없었다. 그렇다고 계속 이렇게 혼자 쓰고, 혼자 걱정하고, 혼자 견디기는 어려웠다. 힘이 필요했다. 스스로 만든 성안에서 끝내 무너지지 않고 끝까지 견딜 수 있는 그런 힘.

나는 깨달았다. 댓글, 하트, 관작(관심작품), 글을 읽어주시는 독자님들의 반응이 바로 나에게 필요했던 그 '버티는 힘'이 될 수 있음을. 웹소설 공모전을 발견하지 못했더라면, 아니, 발견했어도 도전할 생각을 하지 않았더라면, 아마 내가 영원히 몰랐을 수도 있었던 대단한 독자의 힘이었다.

내 글이 재밌다는 말이, 나는 너무도 듣고 싶었던 모양이었다. '어? 재밌어요.' 그 댓글 하나에 하루 종일 방방 뛰었고, 또 키보드 위에서는 열 개의 손가락이 유난히 신명나게 춤을 추었으니까.

첫 댓글을 받은 그날, 나는 메일을 보냈다. 발신자는 블로그에도 공개되어 있는 나의 기존 비즈니스 메일 계정, 수신자는 웹소설 필명으로 만든, 아직은 텅 빈 새 이메일 계정.

제목: 좋은 일만 생길 거야

열심히 글을 쓰자.

언젠가는 빛나는 기회가 올 거야.

기죽지 말고, 끝까지 싸워. 아자!

당당해져! 한 명이라도 재밌으면 나는 잘하고 있는 거다. 속에서부터 차오른 동기부여를 어쩌지 못해 이런 걸 보내버렸다. 그리고 내가 내게 보낸 메일을 다시 읽으며 괜히 혼자 울컥해서는 소매로 스윽 눈물을 훔치는 별 요란한 주책을 떨기도 했다. 그만큼 첫 댓글은 나에게 감동이었다.

댓글로 견딘 고독한 나날들

그리고 몇 주가 흘렀다. 비축분 없이 시작한 웹소설 연재는 지옥의 라이브(매일 1화씩 쓰며 그날그날 업로드하는 방식)가 될 뻔했다가, 다행히 격일 연재를 유지하며 원고를 충분히 만들 수 있었다. 업로드 1편, 비축분 2편 집필, 이런 식으로 진행하다 보니 연재 중단은 물론이요, 연재 간격이 길어지지 않는 여유도 생겼다. 아침드라마 같은 매력적인 후킹 역시, 이제 어느 정도 익힌 듯도 했다.

그렇게 어지러운 시행착오를 거쳐 나름의 시스템을 갖췄다. 그러면서 독자들도 점점 늘어났는데, 그들이 주는 반응 역시 괜찮았다.

개재밌어요. 엉엉.

전개될 내용이나 반전 추측이 주를 이루던 내 웹소설 댓글 창에는 언젠가 이런 댓글이 달렸다. 아직도 잊을 수 없다. 이 댓글을 봤을 때, 명치에서부터 폭발적으로 끓어올라 관자놀이에서 번쩍번쩍하던 희열을.

그냥 '재밌다'도 아니고, '개재밌어요'라니, 여한이 없었다.

그렇게 웹소설 연재 전과 후의 내 하루는 완전히 달라졌다. 글에 대한 독자들의 반응에서 오는 도파민으로 종일 기분이 좋았다가 또 가끔은 익숙한 불안함이 찾아오기도 했다. 롤러코스터를 타는 감정의 소용돌이였지만 그래도 이제 '내 글이 재미없나?' 하는 의심은 거의 하지 않게 되었달까. 그렇게 독자들이 주는 힘으로, 종일 노트북만 붙잡고 있는 고독한 나날들을 견뎠다.

그러던 어느 날이있다. 공모전 마감을 앞두고 시나리오 한 편을 막 끝낸 후, 나는 습관처럼 메일함에 들어갔다. 그런데 내가 나에게 보낸 응원의 메일 외에는 당연히 텅 비어 있어야 할 웹소설 계정 메일함에 '새 메일' 알림이 떠 있었다.

출판사로부터 온 메일이었다.

+ 아이템 획득 +

출판사 컨택과 계약

'아아, 너무 재밌잖아!'

난 힘든 줄도 모르고 무작정 글을 썼다. 웹소설은 1일 1빡[*] 혹은 2빡, 컨디션이 좋은 날에는 무려 3빡까지도 했더랬다. 비축분을 쌓으며 룰루랄라 콧노래를 부르며 연재했다. 웹소설 작가들이 서로 정보를 공유하는 카페에까지 가입해, 매일 쉼 없이 들락거리며 웹소설 세계를 공부하는 것에도 게으름을 피우지 않았다.

그러면서도 딱히 큰 기대는 없었다. 연재한다고 뭐가 되겠

---

[*] '빡'은 5천 자 내외의 1화 완성을 의미한다.

어? 그냥 반응 보는 재미지. 독자들 반응만으로도 난 충분히 즐겁다고 생각했다. 혼자 쓰기는 너무도 고독했으니까.

그러던 어느 날이었다.

여느 때와 다름없이 짭짭 음흉한 입맛을 다시며 맛깔 나는 '19금' 장면을 썼음에 만족하고 깔끔하게 업로드를 했다. 자, 오늘 치 웹소설은 끝났고… 이제 마감일이 다가오는 드라마 공모전을 시작해보자며 키보드 위에서 양손을 쫙 펴고 접으며 열정적인 준비 운동을 할 때였다. 웹소설 계정 전용 메일함에 들어간 나는 그만 눈이 휘둥그레졌다.

새 메일이 있었다. 제목은,

안녕하세요. ○○ 작가님! △△입니다.

'응?'

나는 안경을 고쳐 쓰고, 메일을 클릭했다. 그때까지만 해도 내 심장의 빠르기는 잔잔하기만 했다. 곧이어 연 메일은 꽤 길었다. 나는 빠르게 읽어 내렸다. 그런데,

'…으응?'

점점 내 눈을 의심하기 시작했다. 메일에는 무료 연재 중인 내 웹소설에 대한 긍정적인 리뷰와 칭찬이 가득했다. 이게 뭐

지? 연신 갸웃하며 읽어 내렸다. 내가 만들어낸 세계관과 인물들의 이름이 타인에게서 온 메일에 적혀 있는 기이한 광경. 내 머릿속은 쉽게 상황을 파악하지 못하고 허둥거렸다.

이윽고 메일 중간쯤에 다다랐다.

작가님과 함께하고 싶습니다.

파도에 휩쓸리는 별빛처럼, 나의 동공은 세차게 흔들렸다.
'잠깐만, 이거 뭐야? 이거 설마, 컨택*…이야?'

빠르게 스캔했던 메일을 다시, 또다시 읽었다. 눈을 벅벅, 안경집에 잠들어 있던 안경닦이까지 굳이 꺼내어 이미 깨끗한 안경알을 빡빡 닦고는 또 한 번 읽었다.

작가님의 소중한 작품을 저희 △△에서 함께하시면…

메일을 10번쯤 반복해서 읽고 나자, 그제야 비로소 나는 상황을 파악할 수 있었다. 그리고 당연히 심장이 벌렁거리기 시작했다. 마침 집 근처 카페에 있었는데, 순간 "끄아아!" 주체 못

---

* '컨택'은 웹소설 출판사에서 작가에게 플랫폼 유료 연재 혹은 단행본 출간 등의 제안을 하는 것을 일컫는 업계 용어다.

할 흥분감이 용암처럼 끓어올라 가방을 얼른 챙겨 카페 밖으로 뛰쳐나왔다. 우당탕탕 쿠당탕. 몇 개의 테이블을 사정없이 지나치며 카페 내 유일한 동양인은 요란스런 퇴장을 선보였다.

밖으로 나온 나는 바로 보이는 벤치에 가방을 내려놨다. 가로수 사이로 불어오는 선선한 바람을 맞으며 문득 고개를 젖혔다. 푸른 하늘을 올려다봤다.

'이런이런, 내가⋯ 내가 '진짜 글'을 썼나⋯?'

정신을 차리고 처음 한 생각은 이러했다. 비로소 나는 내 마음을 돌아볼 수 있었다. 그러니까 그간 나는, 내가 혼자 노는 줄로만 알았던 거였다.

많이 쓰긴 하는데 아무에게도 보여주지 못했고, 그래도 웹소설은 공개하긴 했는데 베스트는 아니라고 생각했으니 말이다. 게다가 웹소설은 연재하는 것이라서 한번 시도해본다는 느낌이 강하기도 했다. 그런데 이게 뭐야, 업계 전문가가 내게 말을 걸었다고? 나와 함께하고 싶다고, 내 작품이 좋다고?

심지어 메일에 있던 건 작품 칭찬뿐만이 아니었다. 두 번인가 세 번, '필력'이라는 과분한 단어가 쏙쏙 박혀 있었다. 존재하지 않는 줄 알았던 나의 글솜씨라는 게, 처음으로 전문가에게 호평을 받은 순간이었다. 거대한 감동이 밀려왔다. 한없이 나 스스로를 의심한 숱한 나날들. 내가 지금 글을 쓰나 똥을 쓰나

매일, 매번, 매초 의심한 그 숱한 나날들. 그것들이 모두 1급수 시냇물에 싸악 씻겨 내려가는 개운한 느낌이랄까.

이내 마음을 억지로 진정시키고 출판사를 검색해보았다. 이제까지는 들어본 적 없는 이름이었다. 웹소설 세계에 들어선 지 겨우 한 달, 나는 정말 아무것도 몰랐던 것이다. 웹소설 카페에 들어가 어렵지 않게 정체를 알아낼 수 있었다. 내게 말을 걸어준 그 출판사에 대한 평은 오로지 하나였다.

자타공인 대형출.

대, 대형출…?!

내 심장은 또다시 펄떡펄떡 날뛰기 시작했다. 웹소설 작가 카페 자료에 따르면, 요즘 컨택 거의 없다는 그 대형출? 대형? 나에게 말을 건 출판사가, 대형이라는 거지…? 자, 자타공인, 웹소설 작가라면 누구나 다 아는 그런…!

나는 바로 남편에게 알렸다. 아직 메일에 답장을 보낸 것도 아닌데, 이미 계약서에 서명까지 마친 듯 호들갑을 떨어댔다. 기쁨과는 별개로 갑자기 배가 고파졌다. 곧장 집으로 달려가 된장찌개를 끓이며 혼자 덩실덩실 춤을 췄다. 그 사이 남편이 전화했지만, 난 육수를 내느라 그걸 놓쳤다. 나중에 핸드폰을 보니 메시지 창에 난리가 나 있었다.

오오!
축하해, 다희!
살짝 눈물도 나는걸.
기특하다. 다희. 기특해.

나의 지난했던 날들을 아는 유일한 사람. 처음부터 지금까지, 나보다 나를 더 믿어준 남편. 메시지에 답하자 바로 전화해서는 매우 기뻐해줬다. 나보다도 더 방방 뛰면서 직접 출판사도 검색해봤단다. 오오, 큰 출판사래! 알고 있었어? 역시 그도 '대형' 출판사임을 먼저 알아챘던지 더욱 흥분으로 휘감긴 목소리였다.

컨택은 집필의 도파민

그렇게 제법 긴 시간 동안 남편은 회사에서, 나는 집에서 각자의 호들갑을 떤 후, 경건하게 마음을 다잡았다. 노트북을 열고, 메일함에 들어가 답장을 쓰기 시작했다.

사랑해요!!! 제가 진짜 열심히 쓰겠습니다!!!

감사합니다, 감사합니다. 사랑해요. 출판사, 사랑해.

담당자님, 제가 정말 이 출판사를 평생 사랑할 것이며….

속에서 요동치는 감정을 그대로 내보이려 함부로 펄떡거리는 손가락들을 진정시킨 후, 웹소설 필명으로는 처음으로 *Business mail*을 쓰기 시작했다.

"후우…."

심각한 장면을 쓸 때만큼이나 진지한 표정으로 타닥타닥 손가락을 움직였다.

안녕하세요. △△출판사 담당자님.

우선, 제 작품에 관심 가져주셔서 감사드립니다.

인세나 정산 조건이 어떻든 간에 그냥 바로 계약을 하고 싶었지만, 그럴 수는 없었다. 연재하는 웹소설은 애초에 공모전에 출품했던지라 결과가 발표될 때까지는 계약을 못 하는 상태였다. 그래서 계약 의사를 밝히는 대신, 현 상황을 알리며 아주 정중하고 공손하게 답장을 보냈다.

그러자 출판사에서 답장이 바로 왔다. 20분도 채 걸리지 않았다. 당연히 이해한다고, 천천히 오래 고민해보시라고. 우리는 작가님을 기다린다는 뉘앙스였다. 담당자의 다정함에 심장이 털리는 느낌이었다. 그렇게 몇 번의 메일을 주고받았고, 공모전 결과가 발표되는 대로 연락을 드리겠다는 말을 끝으로 나는 첫 번째 '컨택 사건'을 잘 마무리하였다.

이 사건이 내게 남긴 것은 두 가지였다.

1) 내 글은 똥이 아니다.
2) 이 출판사를 평생 사랑할 것.

그러니까 나는 '인정'이 좀 필요했나 보더라.

처음으로 컨택을 받은 날, 곧 공모전 마감인데 영 진도가 나가지 않아 한없이 질질 끌었던 대본 하나를 단 몇 시간 만에 뚝딱 완성했다. 무려 A4지 30페이지였다. 컨택 사건은 그야말로 엄청난 도파민이었다. 길고 외로운 과정을 단순히 '버티는' 데에 그치지 않고 더 나아갈 수 있게 한, 나의 집필 세계에서 일어난 최초의 역사적 사건이었다.

한 달 후 공모전 결과가 발표되었다. 나는 떨어졌다. 당장 출판사에 연락했고, 다행히 나를 기다려준 그 출판사와 무사히 계약을 완료했다. 그 후로 6개월 남짓 멋진 담당 PD와 리뷰고, 교정고를 열심히 주고받으며 현재는 출간까지 완료한 상태다. 담당 PD의 날카로운 분석에 내 작품은 점점 더 탄탄해졌고, 동시에 마음은 든든해졌다. 그렇게 웹소설은 내가 도전한 많은 글 중에서 가장 먼저 기회의 손을 내밀어준, 무척 소중하고 귀한 장르가 되었다.

절망에서 나를 구해주었다.

출판사 사랑해요!

덧. 이 책을 쓰게 된 이유 중 하나는 '어딘가에는 나와 같은 이들이 있겠지' 하는 마음이 있어서였다. 글을 쓰는 건 참 고독하고 외로운 길이다. 대부분 혼자 벽을 보고 쓴다. 차마 어디에 글을 보여주지도, "나, 글을 씁니다!"라고 당당하게 말을 하지도 못하는 이들이 분명 있을 것이다. 나도 그랬으니까.

그러니 혹시 조금 생동감 있게 글을 쓰고 싶거나 고독한 늑대에서 벗어나고 싶으면 꼭 웹소설을 써보기를 바란다. 요즘 웹소설은 예전의 '서열 0순위 전교 짱' 같은 손가락 발가락 다 오그라드는 인터넷소설, 일명 '인소'와 비슷하지 않다. 완전히 다르다. 당장 영화화해도 될 법한 거대한 세계관이 넘실거리고, 결코 일반 문학에 뒤지지 않는 대단한 문체와 감정선이 가득하다. 그런 진지한 작품들의 향연이기에 웹소설의 세계에 도전해보는 것도 좋겠다.

'인생은 결코 원하는 대로 되지 않아.'

'웬만하면, 지금 생각하는 그 방향으로 흘러가지 않아.'

30년을 살아오면서 깨달은 몇몇 인생의 진리 중에, 특히 글을 본격적으로 쓰기 시작한 근래에는 이 두 가지가 확실하게 와닿았다. 아무리 철저하게 계획을 세워도 내가 원하는 대로 쭉 직진해서 목표 지점에 닿는 일은 거의 없다는 것. 끝내 원하는 바를 이룰 수는 있어도, 거기까지 도달하는 과정 혹은 최종적인 성취의 형태가 원래 계획했던 모양과는 다를 가능성이 크다는 말이다.

부모님의 안락한 품을 떠나 상경한 후 오롯이 혼자의 삶을 시작한 20대 초반부터 나는 온갖 시행착오를 겪어왔다. 그럼에도 불과 몇 년 전까지도 깨닫지 못한 사실이었다. 30대 중반을 향해 달려가는 지금에야 어렴풋이 인지했다.

난 고집이 무척 센 편이었다.

'하겠다고 마음먹은 것만 해야지. 다른 길은 없어. 다른 방법도 없어. 오로지 우직하게, 내가 하려고 했던 일만 딱, 그 길만 딱 걸어야 해. 샛길은 안 돼. 내가 원하는 목적지에 다다르려면 무조건 정식으로만 하고, 한 우물만 지독하게 파야 해. 그게 맞아.'

나는 그렇게 생각했다. 독단적이었고, 지독스레 고집이 셌다.

하지만 이제 와서 생각해보면, 내 인생의 유의미한 성취들은 대부분 샛길을 탔다. '무조건' 수능 점수, 그러니까 정시로 갈 줄 알았던 목표 대학은 급하게 준비한 수시 논술 전형으로 합격했고, '무조건' 일반행정직이 될 줄 알았던 공무원 직렬은 역시 원서 접수할 때 어딘가 묘한 직감이 들어 급히 바꾼 특수 직렬에 합격했으니까. 그나마 얼추 원하는 방향으로 흐른 건 '투고 후 기획출판'이 애초 계획이었던 첫 에세이 출간뿐이랄까.

그 후 글로 생계유지가 가능한 '진정한' 작가가 되어보자는 간절한 바람이 나를 찾아왔다. 에세이 출간 후 몇 년 만에 세운 제대로 된 목표였다. 보통은 목표하는 바를 상당히 구체적으로 계획하는 편이지만, 이번엔 그러지 않기로 했다. 무조건 한 우물만 미친 듯이 파야 한다는 그 억센 고집을 버리기로 결정한 것이다.

세상은 넓고, 할 수 있는 일은 많다

'글'로 먹고사는 사람이 되자.

최대한 넓게 목표를 잡았다. 제한을 없앴다. 과연 무용한 고집이라고는 한 톨도 없는 완전한 오픈 마인드로 이 '글'이라는 세계에 접근했다. 어떤 장르나 종류도 상관없었다. 전체 연령가부터 39금까지 그 어떤 수위도 받아들일 작정이었다. '내가 이걸 쓸 수 있을까?' 속으로는 의심할지라도 결코 입 밖으로 "못 하겠어!"라는 말은 꺼내지 않았다.

에세이를 썼다. 반응이 미미했다. 그럼 소설은? 출판사에 투고했다. '저희 출판사와는 방향성이 맞지 않아…'로 시작하는 반려 비가 우수수 내렸다. 도저히 세상에 나올 것 같지가 않았다. 다음으로 시나리오를 써봤다. 단막극, 영화, 드라마 가리지 않고 할 수 있는 건 다 해봤다. 공모전에도 제출했다. 그러나 수백 대 일, 수천 대 일의 경쟁을 뚫고 당선될 일말의 기미조차 보이지 않았다.

희망이 없었다. 외롭고 고독하고 막막했다. 이번에는 웹소설이라는 것에 한번 도전해봤다. 어라? 색다른 반응이 나타났다. '어? 재밌어요'라는 댓글을 보고 내 글이 똥이 아니라는 희망이 생겼다. 업계 전문가로부터 함께 일해보자는 연락도 왔다.

기적이었다. 자신감이 차오르고, 그 자신감으로 기죽지 않고 에세이, 소설, 시나리오, 웹소설을 또 썼다.

"잘 안 돼? 그러면, 다른 걸 해봐."

남편은 내게 말했다. 이게 잘 안 되면, 다른 걸 해봐. 다른 걸 쓰거나, 글이 아니라 아예 다른 일을 해보는 것도 좋겠지. 아무리 오픈 마인드로 세팅해도 역시 타고난 고집은 어쩔 수 없는지 처음에는 남편의 이 말에 저항하듯 반기를 들었다.

하지만 지금은 아니다. 이제는 그의 말이 옳음을 전적으로 믿는다.

만일 내가 에세이만 쓸 거다, 정통 소설만 쓸 거다, 대본만 쓸 거다, 이런 식의 태도를 취하며 한길을 팠다면 '진짜 작가가 될' 혹은 '글로 먹고살 수 있는' 가능성이 확연히 줄어들었을 것이다. 또한 독자들의 신랄한 반응을 실시간으로 확인할 수 있는 웹소설을 시작하지 않았더라면 떠올릴 때마다 가슴이 찌르르 울리는 '재밌다'는 댓글도, 출판사의 컨택도 없었을 것이며, 그만 제풀에 지쳐서 일찍이 포기해버렸을지도 모른다.

게다가 글의 세계에서도 트렌드가 확확 거꾸러지며 바뀌는 요즘 세상에서는 외려 여러 장르에 발을 담그는 게 보다 더 신선하고 번뜩이는 장면을 쓰는 데 도움이 될 수도 있다. 아직 글로 무언가 이룬 게 없는 무지렁이인 나조차도 다양한 장르의 상호작용에서 오는 이점을 바로 이 두 눈으로 확인해버렸으니까.

글이 점점 읽히지 않는 세상이라 요즘은 딱 한 가지, 또는 두 가지의 장르만 쓰는 작가도 드물다고 한다. 그래서 힘이 닿는 한 우물을 많이 만들고, 그중 특별히 자신과 더 잘 맞는 것을 발견한다면 그건 더 열심히 하면 되고, 그러다 보면 생각지도 못한 곳에서 기회가 올 것이다.

나는 그랬다. 기대하지 않았던 웹소설에서 예상치 못한 기회가 날아들었다. 그건 고독한 동굴 속, 더 고독한 글쓰기의 나날들에 매우 환한 빛줄기가 되어주었고, 절망에서 벗어나 본격적으로 수익을 창출하는 작가의 길에 오르게 했다.

목표에 다가가기 시작한 지금, 앞으로도 나는 여러 개의 우물을 저글링하듯 착실하게 관리하며 최대한 기회의 풀을 넓힐 것이다. 삶은 결코. 내가 원하는 방향으로 흐르지 않고, 기회의 타이밍이나 모양 역시 예측할 수 없으므로. 이게 안 되더라도 좌절하지 않고 다른 걸 해보리라.

세상은 넓고, 할 수 있는 일은 많으니까!

문학 공모전이란 공모전은 단 하나도 놓칠 수 없어 캘린더에 빽빽이 마감일을 적어두고, 그것에 죽고 못 살던 나는 어느 날 또 새로운 공모전을 발견했다. 바로 장르소설 공모전이었다.

그러니까 일단 소설은 소설인데, '장르'라는 말이 붙은 묘한 기운의 단어. 일반 소설도 거의 읽지 않던 나는 역시나 이 장르소설이라는 것도 무엇인지 몰랐다. 장르소설, 장르…. 이름에서부터 느껴지는 매력적인 분위기에 그 뜻이 얼핏 추측되긴 했으나 그럼에도 정확히 알지는 못하니 우선 검색부터 했다.

장르소설이란?

SF, 판타지, 호러, 추리 등 특정 장르에 기반해 대중의 흥미에 초점을 맞춰 쓴 소설

정의를 읽으며 하이라이트를 친 부분은 두 곳이었다. '특정 장르'에 기반해 '대중의 흥미'에 초점을 둔다.

'아하….'

장르소설 공모전을 처음 발견했을 때는 내가 일반 소설과 웹소설에 한창 몰두하던 시기여서 뭔가 눈치챘다는 듯 고개를 작게 주억거린 정도였다. '그럼 장르소설은 웹소설 느낌에 더 기울어진 감이 있는 건가?'라는 게 나의 첫 번째 추측이었다. 대략적으로 짐작했지만, 역시 정의만으로는 그 온전한 느낌을 파악할 수 없어 결국 온라인서점 장르소설 카테고리에 있는 책을 몇 권 구입해 읽었다. 무언가를 제대로, 빨리 이해하기에는 예시만 한 게 또 없으니까.

'아하…!'

장르소설로 제법 유명한 몇 권을 읽고 나니 얼추 그림이 잡혔다. 일반 소설이라기에는 날치알마냥 알알이 무척이나 톡톡 튀고, 웹소설이라 하기에는 물먹은 휴지처럼 다소 무거운 느낌. 그러니까 소설과 웹소설의 중간 어디 즈음에 위치한 알록달록

무지개 같은 소설이랄까. 하필 내가 읽은 장르소설이 '마법'과 관련한 판타지 배경이라 그렇게 느꼈을 수도 있겠다.

장르소설에 대한 감이 완전히 잡히자 나는 더욱 힘차게 고개를 끄덕거렸다. 아아, 판타지도 가능하단 말이지? 이런 거라면 내 마음속에 방방 뛰어노는 글감이 하나 있지. 좋았어. 드디어 '그 이야기'에 맞는 장르를 찾아버렸군!

마침 그때 내게 장르를 정하기 애매한 이야기가 하나 있었다. '태양신'을 주인공으로 한 스토리인데, 원래는 두 번째 웹소설로 만들어볼까 싶어 1화까지는 써놓았었다. 가상의 배경에다 평범하지는 않은 외형을 띠는 인물들이다 보니 일반 소설로 담기에는 무리가 있었는데, 그렇다고 웹소설로 그려내기에는 자극성이 팍팍 터지지 않아 고민이던 참이었다.

미리 장르소설이라는 세계를 알고 있었더라면 '이건 바로 장르소설 감이야!' 했을 텐데, 뭘 아는 게 없으니 1화만 써서는 그대로 방치했던 그 이야기. 나는 그것으로 나의 첫 장르소설을 쓰기 시작했다.

기존에 진행하던 원고들과 장르소설을 병행했는데, 꿈을 향해 달리는 나의 병렬식 구조 글쓰기는 아주 정신이 없었다. 소설, 시나리오, 웹소설, 장르소설… 단 하루도 고요할 날 없이 요란하게 돌아갔다.

원고마다 특징이 명확했다. 에세이든 소설이든 저마다 장점과 단점이 분명히 존재했다는 말이다. 그런데 장르소설은 아니었다. 내가 느끼기로는, 장르소설을 쓰는 동안 '아, 이건 좀 힘들다' 하는 부분이 딱히 없었다. 오로지 장점만 그득했다. 내가 쓰고 싶은 환상을 가득 펼칠 수 있게 해주는, 그야말로 한없이 자유로운 문학의 세계였다.

나의 손가락은 그 어느 때보다도 빠르고 현란하게 움직였다. 아니, 이럴 수가. 소설로 이런 걸 쓸 수 있다니! 보통 소설을 쓸 때는 배경이 현대라서 상상력을 발휘하는 데도 다소 한계가 있었기에 늘 어딘가 조금 아쉽다고 느꼈다. 그런데 그 아쉬움을 장르소설에서는 모조리 날려버릴 수 있었다.

두 달이 흐르고, 어느새 나의 찬란한 황금빛 태양신을 담은 장르소설은 원고지 700매를 넘겼다. 애초에 계획했던 분량이 500~600매였는데, 벌써 700매를 넘겼으므로 이제 얼추 마무리를 해야 하는 시점이었다.

"넌 내게 빠져, 넌 내게 미쳐"

첫 장르소설의 마지막 부분을 남겨뒀을 때, 나는 유럽의 공항에 있었다. 당시 머물던 폴란드 바르샤바의, 그 이름도 예쁜 '쇼팽 공항.' 참고로, 바르샤바 공항 이름은 폴란드의 영원한 자랑, 세기의 음악가 프레데릭 쇼팽의 그 쇼팽이다. 햇살이 공항 안으로 가득 드는 오후, 나는 출장지에 있는 남편을 만나러 가려고 공항에 나갔다.

'오늘은 진짜 끝낸다.'

여행객들이 각자의 설렘을 재잘거리는 공항 안에서 나는 홀로 비장하게 자세를 잡았다.

완결까지 남은 분량은 원고지 80매, A4지로는 대략 13페이지 정도였다. 비행기를 타기 전에 끝내고 싶었다. 남편이 있는 도시에 도착하기 전에 이 장르소설을 반드시 끝내고, 저녁에는 남편과 함께 술 한잔하며 완결 기념 축하 파티를 하고 싶었다. 그때 내게는 탑승 전까지 1시간 반, 비행기 이동에 1시간 반 해서 총 3시간이 있었다. 나는 결심했다. 3시간 안에 엔딩 장면까지 딱 깔끔하게 쓰자고.

통창으로 따스한 햇빛이 가득 들어오는 바르샤바 쇼팽 공항에서 노트북을 품에 꽉 안고는 이리저리 자리를 찾아 서성거렸다. 어디서 쓰면 좋을까. 어디서 써야 집중해서 잘 쓸 수 있을까. 남편 만나기 전에 결단코 끝내고야 말리라…. 다양한 국적의 사람들로 빽빽한 출국장 안을 휘휘 두리번거리며 걸음을 옮겼다. 그때 무언가가 내 눈에 띄었다.

Bar

나는야 소문난 애주가. 하필 내가 탈 비행기 게이트 바로 앞에 조그마한 바가 있었다. 어쩐지 안 가볼 수가 없었다. 공항에서 마시는 맥주 한잔과 소설. 아, 상상만으로도 벅차오르는 느낌. 급격히 차오르는 기대감으로 노트북을 품에 더 꼬옥 안은 채 그 앞을 기웃거렸다.

자리는 괜찮았다. 직원 한 명이 일하는 공간을 네모 형태로 둘러싼 전형적인 간이 바 형식이랄까. 가격도 나쁘지 않았다. 300밀리리터 생맥주 한 잔에 약 1만 원. 괜찮긴 한데 나는 갈등했다. 무척이나 갈등했다. 공항치고 비싼 축에 속하지는 않지만, 그래도 300밀리리터에 1만 원? 300밀리리터란 나에게 한입 거리인데….

보통 유럽 여행을 다닐 땐 항상 남편이 옆에 있었고, 공항에서 바를 발견해 쓰읍 입맛을 다시고 있으면 남편이 꼭 "한잔 해!"라며 등을 떠밀었기에, 나는 정말 어쩔 수 없이 꼭 한 잔은 마시곤 했다. 그런데 혼자 있으니 어쩐지 돈이 아깝다고 느껴졌다. 게다가 이른 오후는 굳이 알코올의 힘을 빌리지 않아도 머리가 팽팽하게 잘 돌아가는 시간이라, 딱히 문제없을 것 같기도 했다.

갈등의 소용돌이에서 외로운 헤엄을 치던 나는 이내 바에서 등을 돌렸다.

'그래, 차라리 비행기에서 마시자.'

하지만 완전히 포기할 수는 없는 법. 몇 달이나 잡고 있었던 첫 장르소설을 마무리하는 날인데, 뭐라도 혼자 한잔은 해야 하지 않나 싶어 '일단' 비행기에서 와인 혹은 맥주를 마시기로 결정했다. 그리고 저벅저벅 걸음을 옮겨 바가 한눈에 보이는 아늑한 대기석에 자리를 잡고, 허벅지 위에 가지런히 올린 노트북을 열었다.

늘 그렇듯, 공항은 소란스러웠다.

소음 속에서 제대로 집중해보고자 평소보다 조금 더 요란한 플레이리스트를 찾았다. 글을 쓸 때는 항상 글의 분위기에 맞는 노래를 쏙쏙 찾아 듣는데, 그러면 몰입감이 배로 증가했다. 음악 앱을 엄지로 슥슥 밀어 넘기며 진지하게 고민했다. 뭘 들어야 하지? 뭐가 어울릴까. 엔딩 부분에서는 각성한 태양신이 빌런을 처단하기에 그에 걸맞게 세고 인상적이면서도 강렬한 음악이 필요했다.

취향에 맞춰 음악을 추천해주는 앱의 뮤직 리스트를 쫙쫙

넘겼다. 5분쯤 지났을까. 오늘따라 마음에 드는 게 없어서 약간의 좌절과 함께 고개를 푹 꺼트렸다. 그때, 익숙한 전주가 귓가에 꽂혔다. 어…? 마치 신의 계시라도 받은 사람처럼 천천히 고개를 들어 올리며 쿵쿵대는 리듬을 느꼈다. 그 노래는,

넌 나를 원해-

넌 내게 빠져-

넌 내게 미쳐-

90년대생인 나. 라떼 시절 거의 '신' 급에 가까웠던 아이돌 동방신기의 히트곡 <주문>이었다.

"아앗…!"

가슴이 쿵덕쿵덕 널을 뛰었다. 이거다, 이거야. 오늘의 배경 음악을 발견한 자의 기쁨이었다. 가사도 딱 맞았다. 오만한 나의 태양신이 빌런의 목을 자비 없이 따버리는 장면과 완벽하게 매치되는 거만한 느낌. 고귀한 턱을 꼿꼿이 세운 채 가련한 중생들을 내려다보는 태양신의 표정. 아아, 바로 이거다. 나는 곧바로 '한 곡 반복'을 설정해놓고, 700매를 훌쩍 넘긴 그 파일을 열었다.

내가 만들어낸 태양신에 빙의라도 한 듯 나는 눈썹을 비스

듬히 올리며 까딱거렸다. 턱을 한껏 들어 올린 채 거만한 눈길로 노트북을 내리깔아보며 미친 듯이 손가락을 움직였다. 그렇게 '넌 나의 노예'를 쉴 새 없이 반복하며 한 장면, 한 장면 만들어갔다. 타닥타닥, 탁탁탁. 등 뒤로 쏟아지는 오후의 따사로운 햇살 덕인지 7페이지가 후루룩 채워졌다.

마지막 3페이지 정도가 남았을 때였다. 출국장의 소음을 뚫고, 머리 위로 우아한 목소리가 떨어졌다.

레이디스 앤드 젠틀맨, 위 아 나우 레디 투 비긴 보딩 포 플라이트…

내가 탈 비행기의 보딩 안내 방송이었다.

"조금만 더 쓰면 되는데…."

나는 거대한 아쉬움의 탄식을 내뱉고는 노트북을 탁 덮었다. 임무를 완수하지 못한 손가락이 근질거렸다. 그래, 얼른 타서 자리 잡고, 착륙 전에 다 마무리하자. 반드시 끝내야 해. 반드시. 다시 한 번 다짐을 단단히 굳히며 유럽 저가 항공사인 위즈에어 비행기에 올랐다.

와인은 미처 못 마셨지만

저녁 시간이라 비행기 창문 밖으로 보이는 풍경이 특히 더 예뻤다. 하지만 황홀한 풍경에 취할 새도 없이 안전벨트 등이 꺼지자마자 다시 노트북을 켜고 원고 파일을 열었다. 탑승 전 야무지게 '오프라인 저장'을 한 기내용 <주문>을 들으며, 잠시 깨졌던 몰입을 되살렸다. 타자마자 마시겠다던 술은 일단 마지막 장면까지 다 쓰고, 그러니까 완벽히 엔딩을 마친 후 스스로에게 주는 선물로 탈바꿈해 있었다.

완결한 다음 기념주로 한잔하자. 우아하게 와인으로다가.

기내에서도 와인은 한 잔에 1만 원이었지만, 그게 뭐 대수랴. 무려 700매가 넘는 장르소설 한 편을 끝냈는데! 츄르릅, 때 이른 입맛을 다시며 나는 재빨리 손가락을 타닥타닥 움직였다.

넌 나를 원해. 넌 내게 빠져. 넌 내게 미쳐. 입속으로 가사를 중얼거리며 또 한껏 눈썹을 들어 올린 요상한 표정으로 집중하니 어느새 커서는 마지막 장면, 마지막 줄에 놓여 있었다. 이내 마침표를 찍었다. '완결'이라는 촉촉한 감상에 빠지는 대신 곧장 문서통계 탭에 들어가 원고지 매수를 확인했다. 총 760매였다. 두 달 만에 760매 원고를 또 하나 완성했다. 소설을, 또 하나의 세계를 만들었다.

'아, 잘했어. 너무 잘했어. 세계관이 복잡해서 힘들었지만, 정말 잘했고 장하고 기특하다. 고생했으니, 이제 한잔해!'

귀에서는 아직도 '넌 나의 노예'가 열심히 반복되고 있었다. 나는 의기양양한 미소를 지으며 가슴에서 양팔을 엇갈려 내 어깨를 스스로 토닥였다. 이내 노트북을 덮어 조심스레 가방에 넣고, 와인을 주문하기 위해 현금을 꺼내려 했는데,

레이디스 앤드 젠틀맨, 위 윌 비 랜딩 쇼틀리. 플리스 메이크 슈어…

아? 벌써 착륙이라고? 1시간 반이 지났다고…?

너무나 몰입한 탓에 1시간 반이 훌쩍 지나갔음을 눈치채지 못했더랬다. 이럴 수가. 이제야 조금 즐겨보려 했는데. 장르소설을 끝낸 기쁨을 술과 함께 만끽하려 했는데! 아쉬웠다. 대단히 아쉬웠지만 뭐, 곧 남편 만나니까. 남편이랑 축하하면 되겠다며 꺼냈던 현금을 아쉬움과 함께 꼬깃꼬깃 접어 다시 지갑에 쏙 집어넣었다.

그렇게 나의 첫 장르소설은 유럽 상공에서 완성되었다. 나의 글 세계에 '장르소설'이라는 '장르'가 당당히 자리 잡은 날이었다.

+ 히든 스테이지 +

19금 작가의 이중생활

안녕하세요, 작가님.

평안한 오후 보내고 계신가요?

(…)

리뷰고 보내드립니다.

편하실 때 확인해주시면 감사하겠습니다.

컨택을 받아 웹소설 출판사와 계약한 후 몇 달이 지나고, 길고 긴 완고까지 전송을 완료한 후 보름쯤 지났을 때 출판사에서 메일이 왔다. 간결한 듯하지만 간결하지 않은 본문 아래에는 용량부터 아주 묵직한 '1차 리뷰고' 파일이 첨부되어 있었다.

웹소설의 출간 과정은 출판사마다 다르겠지만, 나의 경우
는 아래와 같았다.

1) 작가가 출판사에 완고 전송

2) 출판사 리뷰고 전송 후, 리뷰고 작가 수정(2-3번)

3) 출판사 교정고 전송 후, 교정고 작가 수정(2-3번)

4) 원고 편집과 동시에 표지 제안서 및 서지 양식 제출

5) 원고, 표지 등 출판사 내부 마무리

이 중 '리뷰고'는 완고 제출 후 바로 다음 과정, 즉 출판사
와의 작업 첫 단계다. "리뷰본이 뭔데?" 물으신다면, 다음과 같
이 답할 수 있다. 리뷰란, 원고의 방향성 및 수정 사항에 대한
출판사의 의견을 제안하는 것. 반영 여부는 작가의 선택!

나는 웹소설을 쓴 것도 처음, 출간도 물론 처음이었기에
리뷰고가 무언지 정확히 알지 못했다. 담당 PD는 메일을 주고
받을 때마다 혹시 천사가 아닌지 궁금할 정도로 매번 다정하
게 전 과정을 매우 자세히 설명했는데, 그럼에도 불구하고 직
접 리뷰고를 받아보기 전까지는 다소 막연하게 느껴졌다.

그 전에 에세이를 출간할 때는 그저 수정고(1~3차 교정) 정
도만 했기에 더더욱 그랬다.

모르면 어쩐다? 검색을 하면 된다. 웹소설 작가 카페에 들어가서 자료를 찾아봤다. 정보를 공유해주는 기성작가들의 말에 따르면, 출판사의 손을 거친 리뷰고를 받아 후루룩 넘겨보면 빨간색이 우르르 적혀 있다고 했다. 빨간색은 바로 출판사의 의견 및 제안. 그래서 웹소설 작가들은 그것을 '빨간펜 선생님'이라 불렀다.

일명 '공포의 빨간펜.'

리뷰고 파일을 열었을 때, 나 역시 빨간색이 수두룩했다. 그러나 딱히 공포까지는 아니었다. 외려 구원에 가까웠다. 업계 전문가의 날카로운 분석과 예리한 시각으로 작가인 나조차도 미처 발견하지 못한 설정 오류 등을 콱콱 잡아냈고, 어색한 문장이나 이야기의 순서 역시 부드럽게 바꿀 수 있었다.

다 괜찮았다. 대부분 감탄했다. 아, 역시 전문가는 전문가구나. 전문가의 눈은 매우 날카로워! 감사합니다. 영광입니다. 열심히 고개를 끄덕이며 '수정 제안 수용' 표시를 해나갔다.

"작가님! 이런 표현은 어떨까요?"

그런데 후루룩 페이지를 넘기던 나의 손이 문득 멈춰졌다.

그의 살갗을 아슬하게 타고 흐르는 ~~삐어~~…

열기에 휘감긴 눈빛과 흔들리는 숨소리에 이내 ~~삐어, 삐어~~

나의 웹소설은 표지 상단에 '19세 미만 구독 불가' 표시가 붙는 완전한 어른용이었다. 단순히 19세가 아니라 어느 정도의 하드함과 피폐함이 가미된, '미성년자는 가라. 절대 근처에도 오지 마라' 수준. 그래서 19금 장면도 많았다. 리뷰고를 20여 페이지쯤 넘길 무렵에 등장한 장면에도 역시 빨간색으로 칠해져 있었다.

그 장면에 달린 편집자의 피드백은 이랬다.

작가님! 이 부분은 A가 B의 손에서 ~~삐어, 삐어~~ 되고 ~~삐어~~되는 것으로 이해했는데요!

그렇다면 대신, ~~삐어, 삐어~~(엄청난 39금) 이런 표현은 어떨지 조심스레 제안드려봅니다.

헉!

순간 나의 동공이 세차게 흔들렸다. 무심코 손을 들어 입을 틀어막았다. 편집자의 제안이 마음에 들지 않아서는 당연히 아니었고, 당황해서 그랬다. 참으로 새삼스러운 깨달음이었다.

이게 뭐지. 아니, 이게 무슨 일이야. 온전히 내 손으로 만들어진 빠알간 장면임에도 그걸 누군가가 읽고 피드백해줬다는 사실이 참 남사스럽기 그지없었다. 남편이 출근하고 홀로 있는 방 안에서 나는 어쩐지 볼이 홧홧 달아올랐다.

게다가 그렇게나 온화하고 다정다감하며 상냥함과 친절함의 결정체인 담당 PD님께서 이런 엄청난 39금, 49금을 말씀하시다니…. 역시 업계 전문가가 다르긴 다르다며 나의 감탄은 끝없이 꼬리를 이었다.

그러면서도 또 출판사에서 준 제안이 너무나 마음에 들어서, 나는 이 역시 '수용'의 뜻을 담은 표시를 적어 내려갔다. '좋은 제안 감사합니다. 이렇게 수정하도록 하겠습니다.' 타닥타닥, 이전과는 달리 다소 부끄러움이 깃든 나의 손끝이 느릿하게 움직였고, 동시에 살짝 벌어진 입술 사이로 혼잣말이 새어 나왔다.

"내가 지금 출판사와 무슨 얘기를 하고 있는 거지…?"

웹소설을 제외한 다른 글, 그러니까 내가 쓴 소설, 에세이, 시나리오 등에는 전혀 19금 요소가 없다. 해봐야 '15세 이상 가능' 정도일까. 자극적인 장면을 넣으려고 했다면 넣을 수야 있었겠다만 굳이 그러지 않았다. 일단은 전체 이용가를 기준으로 해야 독자층이 넓고, 그래야 기회가 많을 테니까.

사실 나는 '빨간 장면'에 매우 자신 있는 편인데, 그런 나의 음험한 본능을 뿌리치고 전체 이용가를 쓰는 것이다. 그렇게 꾹꾹 눌러둔 시꺼먼 욕망은 웹소설에서 마구잡이로 표출되었다. 다행히도 웹소설은 19금이 강세다. 그러니 19금을 써야 이게 말이 맞는다. 그러니 어쩔 수 없이(?) 19세 미만 구독 불가를 쓸 수밖에.

"아니, 이런 걸 출간하다니…"

첫 웹소설 계약 후, 대형 웹소설 공모전이 열렸다. 그런데 그 기준이 전체 이용가였다. 아이들이 읽기에도 무리가 없어야 하니, 그야말로 동화 수준이었다. 나는 새로운 작품으로 시도했으나 역시 불가능했다. 다른 장르는 몰라도 웹소설에서만큼은 선을 지키지 못했다. 결국 참가하나마나 한 작품이 되어버렸다. '전 연령 웹소설'이라 야심차게 기획했던 그 작품은 지금 나의 바탕화면 한구석에 쓸쓸히 자리 잡고 있다. 곧 19금으로 바뀔 예정이다.

리뷰본 속 장면들은 '타닥타닥'이 이닌 '와다다다'의 속노로 키보드가 터질 만큼 손가락을 강하게 놀리고, 입술로는 쩝

쩝 입맛을 다시면서 만족스럽게 완성한 19금들이었다. 나름 자랑스럽고 뿌듯하지만 그걸 누군가 읽는다 생각하니 이게 참, 하하! 내가 만들어낸 가상의 세계에서, 가상의 인물들이, 살색으로 뒤엉킨 장면을 마치 담당 PD나 편집자와 소파에 나란히 앉아 함께 시청하는 느낌이랄까. 부끄러움에 몸 둘 바를 몰랐다. 그러나 그런 역경을 거치면서 원고는 더욱 풍족하고 단단해질 수 있었다.

출판사와 계약을 했고, 그들의 손에 맡겨지는 부분이 있긴 하지만 어쨌든 작품은 작가의 것이고 저작권도 그렇다. 그러니 출판사 리뷰라는 것은 결국 내 글을 전문가의 손길에 따라 더욱 완성도 있게 만드는 작업 아닌가. 그렇게 생각하면 결코 '공포의 빨간펜'이 아니다. 리뷰본 수정 작업을 하면서 왜 전문가가 전문가인지 확실히 깨달았다.

작업 노하우가 있는 출판사여서인지는 몰라도, 계약서 작성부터 지금에 이르기까지 모든 과정이 너무나 깔끔했다. 다음 단계는 언제까지 진행하겠다고 한 후 그 날짜를 어긴 적이 단 한 번도 없었다. 당연한 것 같지만 현실적으로 절대 쉬운 일이 아니라는 걸 잘 알고 있다. 여기에 더해 담당 PD 역시 프로페셔널해서 냉철한 분석, 예리한 감각으로 원고를 깔끔하게 다듬어 줄 뿐 아니라 나의 방향성이나 의도 등은 절대 건드리지 않으려는 노력이 엿보였다.

다른 장르와 마찬가지로, 웹소설도 글이 아무리 좋아도 출판사마다, 또 담당자마다 다르다던데, 나는 출판사도 담당 PD, 편집자 등도 완벽할 정도였다. 역시 웹소설은 어둠의 터널 같은 이 지난한 과정에 내려진 한 줄기 빛이 맞다. 확실하다.

첫 번째 리뷰본을 받은 그날 저녁, 퇴근한 남편과 저녁을 먹으며 말했다.

"있잖아. 오늘 리뷰고가 왔는데, 19금 장면에 피드백이 달려 있었거든? 근데 삐익, 삐익한 부분을 삐익, 삐익로 수정하면 어떨까, 하더라고. 조금 부끄러웠어!"

그랬더니 남편이 와하하 웃었다. 진짜 웃긴 모양이었다. 애초에 와이프가 19금 웹소설을 쓴다고 선언했을 때부터 웃어대던 그였다. 표지 시안이 나오고, 우측 상단에 '19세 미만 구독 불가'가 적힌 빨간 띠를 봤을 때 남편은 고개를 모로 저었다.

"다희… 이런 걸 출간하다니…."

동갑임에도 워낙 나를 오냐오냐하며 딸처럼 여기는 남편인지라, 제 눈에는 내가 한없이 어리고 약해 보일 텐데, 19금이리니. 이무렴, 웃기긴 하겠지.

아무래도 난 평생 웹소설은 그만둘 수 없을 것 같다. 사회적 메시지를 담고, 매우 진지하며 웬만해서는 전체 이용가로 똘

똘 뭉친 타 장르들 사이에서 한도 끝도 없이 무한한 19금, 도파민과 흥미로 꽉꽉 채울 수 있는 웹소설은 그야말로 나의 한풀이 숨구멍이니까.

웹소설은 나의 빛, 나의 구원. 아, 웹소설. 정말 재밌다.

텍스트 힙(text hip).

언제부턴가 눈에 띄는 이 용어는 '글자'와 '멋지다'가 정직하게 합쳐진 결합어로, 말 그대로 '책을 읽는 행위가 힙하다'는 뜻이다. 20~30대의 젊은 층에서 확산되고 있는 새로운 트렌드 중 하나라고 한다. 분명 몇 년 전까지만 해도 '이제는 더 이상 글이 읽히지 않는 시대'라 했는데 갑자기 텍스트 힙이라니. 어쩌면 이건 우수수 쏟아지는 각종 영상물과 그로 인한 짧은 도파민에 지친 무의식이 무심코 느리고 여유로운 안정을 찾아나가는 현상일지도 모르겠다.

게다가 텍스트 힙은 비단 '읽는' 행위에서 그치지 않는다.

글을 소비하는 동시에 직접 쓰는 이들도 크게 증가했다. 이 역시 1인 브랜드, 개인 콘텐츠 시대에 발맞춘 현상 아닐까. 이례적인 텍스트 힙 문화에 올라탄 청년들은 글을 쓰기 위해 대개 두 개의 SNS를 이용한다. 긴 글을 쓰기에 적합한 '네이버 블로그'와 '카카오 브런치스토리'가 그것. 이 외에도 글과 관련된 SNS 채널은 구글 티스토리나 페이스북, 미디엄 등등 제법 다양하지만, 한국에서 가장 잘 알려진 글쓰기 플랫폼은 이 두 개라 할 수 있다.

네이버 블로그와 카카오 브런치스토리는 나 역시 애용하는 플랫폼인데, 이 둘과의 역사는 내가 글로 먹고살기로 결심하기 훨씬 전부터 시작되었다. 훨씬이라고 해봐야 두 손으로 충분히 셀 수 있는 정도이긴 하지만.

내 블로그와 브런치는 각각 2019년, 2021년에 오픈했으니 올해로 7년과 5년이 되었다. 그러니까 이들은 나의 '글 세계'를 열어준 첫 번째 문이었다. 문이자 기둥이자 단단한 지지대. 에세이 출간이라는 멋진 기회를 물어다 준 것도 바로 이 둘이다.

블로그와 브런치로 어떻게 출간 기회를 잡았냐고? 이 글을 읽고 있는 독자라면 내가 출판사로부터 제안을 받아 책을 낸 게 아니냐고 예상할 수도 있겠다. 하지만 아니었다. 나는 아주 정석적인 출간 루트를 밟았다. 원고 완성, 출판사 투고, 수

많은 거절 끝에 드디어 합격, 그리고 출판. 그 과정에서 제법 스트레스를 받았는지 30대 초반에 무려 대상포진까지 걸렸더랬다.

아니 그럼, 제안도 못 받았는데 블로그와 브런치에 글을 올린 것이 무슨 도움이 되었는가? 이번에는 이렇게 물을 수 있다. 그에 대해 나는 간단하고도 명확한 답을 내놓을 수 있다. 바로 '기록'이다.

첫 출간을 통해 뼈저리게 깨달은 건 기록의 중요성이었다.

대상포진과 맞바꾼 첫 출간작 『해외로 도망친 철없는 신혼부부』의 북토크를 할 때나, 그 후로 독자들과 따로 만난다거나, 나와 비슷한 삶의 모양을 찾으려 일단 나를 먼저 만나러 온 이들에게 나는 늘 이 '기록의 중요성'을 강조했다. 기록하지 않았더라면, 아마 나는 출간의 'ㅊ'조차 감히 입 밖으로 꺼내지 못했을 것이니까.

진실한 구원의 순간

내 기억력은 본래 좋지도 나쁘지도 않은 평범한 수준이었다. 하지만 어느 순간부터 확 꺾였는지 도통 제대로 작동할 줄을 몰랐다. 지금보다는 어렸지만 그래도 삼십 줄에 막 들어섰던,

첫 에세이 원고를 쓰던 당시에도 마찬가지였다. 때는 2022년, 한국은 겨울이었지만 우리가 있던 말레이시아는 여름이었던 11월의 어느 날이었다.

잠자리에 누워 천장을 보며 눈을 끔뻑거리던 때였다. 에어컨이 있어도 피할 수 없는 동남아 특유의 꿉꿉한 공기에 잠 못 이루던 그날, 빠르게 돌아가는 실링팬 날에 의해 갈라지는 어둑한 천장을 보는데, 불쑥 어떤 깨달음이 나를 스쳐갔다.

'아일랜드, 호주에 이어서 말레이시아라니. 우리의 모험은 너무나 알록달록해. 쓸 게 너무 많아!'

아무리 생각해도 이건 나와 남편만 알고 있기에는 너무나도 아쉬웠다. 세상에 꺼내 보이고 싶은 이야기들이 많아서 나의 내성적인 입이 다 근질거렸다. 블로그에 쓴 글도, 브런치에 올린 에피소드도, 그리고 우리만 알고 있는 오프 더 레코드도. 분명 우리의 무작정 해외살이는 이를 원하는 또 다른 누군가에게 도움이 될 것 같은데….

그러나 머뭇거려졌다. 그때까지만 해도 나는 제대로 글을 써본 적이 없었다. 블로그와 브런치를 성실히 쓰긴 했지만 그건 모두 오로지 내키는 대로 써젖힌 단편들, 조각들에 지나지 않았으므로 진짜 '원고'라는 것에 접근하기에는 그 벽이 매우 높고 단단해 보였다.

‘내가 그런 걸 어떻게 써? 아니야. 쓸 수 있나? 아, 그래도 너무 길지. 애초에 정확한 분량 기준도 모른다고.’

홀로 외로운 갈등 속에서 이리저리 고개를 꺾었다.

그러나 내가 누군가. ‘몰라, 일단 해’ 정신으로 일평생을 살아온 ‘무작정’ 인간. 책을 쓰겠다는 막연한 다짐도 그 못 말리는 모토에 입각해 곧장 ‘해야 할 일 목록’에 올려버리고야 말았다. 심지어 당장 그날부터였다.

‘그래, 어차피 잠도 안 오는데, 지금 당장 시작하지, 뭐!’

배까지 폭 덮었던 홑겹의 이불을 확 걷어치우고는 성큼성큼 거실로 나갔다. 노트북을 켜고 한글 프로그램에서 ‘새 문서’를 열었다. 새로운 모험에 사로잡힌 내 가슴은 두근두근 멋모르고 방망이질을 쳐댔다.

“음… 뭐부터 써야 하지?”

야심차게 시작하기는 했으나 야속하게도 내 머릿속은 텅텅 빈 상태였다. 몇 가지 장면을 담은 구름들은 뭉게뭉게 부유하듯 나를 떠돌고 있었지만, 그게 다였다. 그런 띄엄띄엄하고 조각조각난 기억으로는 도저히 단행본 한 권 분량을 쓸 수 없음이 자명했다.

‘아, 포기해야 하나….’

시작도 전에 이미 표지 시안까지 그려보며 기분 좋은 상상

위로 수영을 하던 나는 곧바로 다시 절망 속으로 고꾸라졌다. 이놈의 멍청한 기억력! 하지만 오롯이 나 자신만을 탓하기에는 2년 동안 간 곳도, 한 것도, 있었던 일도 너무나 많았다.

바로 그때, 내 머릿속에 번개처럼 스친 것이 블로그, 그리고 브런치였다. 정확히는 그 두 플랫폼에 열심히 적어놓은 나의 기록들. 화면 가득 띄워 놓은 한글 프로그램을 닫고, 나는 얼른 블로그와 브런치에 차례로 로그인했다. 매일 꼭 한 번씩은 들어간다지만, 어째 그 순간만큼은 느낌이 조금 달랐다. 컴컴한 동굴 속에서 발견한 한 줄기 빛을 향해 나아가는 느낌이랄까. 그 때문인지 아이디와 패스워드를 치는 나의 손은 유난히 경쾌하게 리듬을 탔다. 유일한 동아줄을 잡으려 허겁지겁 달려가는 모양새였다.

"오 마이 갓."

그날 나는 처음으로 마주했다. 그저 매일매일 앞만 보고 적어온 기록들이 얼마나 많은지, 얼마나 자세하고 또 얼마나 생생한지. 한 번을 뒤돌아보지 않았다. 그럴 필요가 없었으니까. 그저 일기와 같았던 나의 기록들이, 유일하고 진실한 구원이 되는 순간이었다.

기록으로 빽빽이 채워진 빡빡한 일상

구원. 구원자. 블로그와 브런치는 출간 포기 직전의 진창에서 내 멱살을 잡고 끌어올린 구원자였다.

블로그에는 사진과 글이, 브런치에는 글이 가득했다. 블로그에는 기록하지 않았다면 결코 기억하지 못했을 세세한 여행과 일상의 장면들이 담겨 있었고, 브런치에는 절대 떠올리지 못했을 당시의 세세한 감정들이 녹아 있었다.

'내가 이런 걸 했다고? 아, 맞아. 그래. 그랬었지.'

처음부터 끝까지, 2년간의 설렘과 사랑, 사투의 경험을 하나하나 되짚어보며 쉼 없이 고개를 끄덕였다. 침실에서 남편이 잠든 사이에 혼자 있는 거실에서 낮은 스탠드에 의지해 과거를 추억하며 킬킬거리거나 가끔은 눈물도 글썽이며 별 요란한 주책을 다 떨었다.

'그래. 할 수 있어. 이걸로 충분히 할 수 있어.'

허구가 아닌 글, 지어내서는 안 되는 글. 고로 내게 있었던 일이나 감정을 기억해야 쓸 수 있는 게 에세이다. 그렇게 내가 만들어놓은 기록들로 나는 가능성을 다잡을 수 있었다. 그리고 생애 처음으로 A4지 100페이지라는 긴 분량의 무언가를 완성하여 출판사에 당당히 투고했다. 구독자가 많다거나 조회

수가 매우 높다거나 유명세가 있다는 등의 SNS 특유의 장점을 이용해 출판사로부터 출간 제안을 받은 우아한 모습은 아니었지만, 어쨌든 나는 그렇게 출간의 길을 뚫었다.

그래서 나는 더더욱 잘 알고, 또 강조한다. 기록하는 것이 어마어마하게 중요하다는 사실을. 다른 이들에게도, 또 나 스스로에게도 늘 세뇌하듯 말한다.

"기록해. 힘들고 귀찮아도 기록을 남겨, 무조건. 안 되면 메모라도 해. 해야 해. 너의 비루한 기억력을 믿지 마라. 결국은 다 잊어버린다. 짧게라도 기록을 해. 그게 훗날 어떤 도움이 될지 몰라. 꼭 해. 꼭."

지금도 마찬가지다. 하루 종일 노트북 앞에 앉아 꼼짝없이 소설과 시나리오를 쓰면서도, 중간중간 여유가 나는 시간마다 블로그, 브런치를 들여다본다. 각종 공모전 마감과, 반드시 끝내야 하는 글쓰기 분량으로 빽빽이 채워진 빡빡한 일상에서도 기록은 놓지 않는다. 아무리 정신없고 바빠도 이 일상 기록이라는 건 필수가 되어야 함을 알고 있기 때문에.

예전에 블로그와 브런치에 올렸던 기록들은 지금 보면 참 허술하고 엉망진창에 가깝지만, 그래도 괜찮다. 상관없다. 그것을 단정하고 깔끔하게 정리하는 건 차후의 일이니까. 기록하는 데 너무 힘을 주다 보면 외려 힘이 빠져 포기할 수도 있다. 그러니 그냥 적자. 일기처럼, 가볍게. 자기 전 10분만 투자해도 된다.

단편의 한 장면, 감정을 담은 기록들은 비단 에세이뿐만이 아니라 소설, 시나리오, 칼럼 등 어느 글쓰기에서나 글감이 될 수 있다. 그러니 반드시 하자, 기록!

프리랜서가 무게중심을 잡는 아주 간단한 방법

걸어서 3분 거리에 있는 카페는 집에서는 자고 먹는 것 외에 아무것도 못 하는 나의 소중한 작업실이 되어준다. 카페가 문을 여는 오전 7시부터 글을 쓰고, 슬슬 허기가 질 때쯤 집에 들른다. 사실 글을 본격적으로 쓰기 시작한 이후로 이 허기라는 걸 제대로 느낀 적이 없었다. 그러나 낮에 뭐라도 먹어놓지 않으면 저녁 어느 순간부터는 손발이 발발 떨리고, 그에 따라 뇌 역시 정상적으로 작동하지 않아 최대한 하루 한 끼는 꼭 챙겼다.

"아… 다 귀찮다. 오늘도 그냥 대에충."

하지만 꼭 챙긴다는 그 하루 한 끼가 대개 제대로 된 구성은 아니었다. 그러니까 손수 요리한 정갈한 밥상이 아니라 대충 편의점에서 사 온 샌드위치나 우버이츠로 주문한 피자 절반, 혹은 과일을 몇 조각 넣은 그릭 요거트 같은 것이었다.

유럽의 배달은 한국처럼 '문 앞에 두고 가기, 노크 ×, 벨 ×' 같은 옵션이 따로 없어서 매번 배달 기사와 직접 대면해야 했다. 극내향인에 속하는 나인지라 우버이츠는 웬만하면 피하고 싶은 선택지였다. 그래서 주로 1번 혹은 3번을 선택했는데, 유럽은 과일이 저렴해서 우리 집 냉장고에는 언제나 종류별로 과일이 꽉꽉 채워져 있었기에 둘 중에서도 주로 3번이었다.

하지만 간혹 한 주에 이틀쯤은 불쑥 충동이 일었다. 인스턴트 음식이 너무나 당겼다. 훤한 대낮부터 몹시 술을 마시고 싶었고, 그에 걸맞은 치즈 폭탄의 꾸덕한 안주가 필요했다. 예고 없이 치솟는 충동의 원인은 물론 '스트레스' 따위였다.

"뭐, 그럼. 먹으면 되지 않나?"

혹자는 이렇게 간단히 말할 수도 있겠다. 하지만 그리 간단한 문제가 아니었다. 충동이 인다고 실컷 먹고 마시면 딱 그 시간만 비틀거리는 게 아니라 그날 저녁과 밤까지, 그리고 잠잠하던 입맛에 자극적인 식욕과 쾌락이 돌아나면 그다음 날도 또 배달, 심하면 일주일, 한 달 이상이 가서 시스템이 완전히 붕괴될 수도 있다(실제로 그런 적이 있었고, 매우 힘들게 빠져나왔다).

'고정된 출퇴근 시간'이라는 강제성이 부여된 직장인의 삶이라면 괴롭긴 해도 어떤 식으로든 금세 루틴이 생기겠지만, 오롯이 내 의지에 따라 움직이는 완전한 자율 그 자체인 프리랜서는 그렇지 않다. 통제하지 못하고 한번 삐끗하면, 빽빽하게 놓인 도미노마냥 손쓸 틈도 없이 와르르 무너지리라.

그런 생각에까지 미치니 나는 짜고 달고 단숨에 5킬로그램은 찔 수 있을 것 같은 고칼로리 피자를 배달 앱 장바구니에 담아놓은 채, 혼돈의 갈등 속에 휩싸였다.

'아니야. 안 돼. 이러면 또 배부르고 또 후회하고 그럼 또 글도 제대로 못 써. 소화시킨다고 억지로 새벽까지 깨어 있다가 내일 또 더부룩한 기분으로 깨어나겠지. 그럼 반복이야. 안 돼. 이렇게 살아서는 안 돼. 정말 큰일이 날지도 몰라.'

마지막 단계인 주문하기 버튼 위에서 꼼지락거리던 나의 엄지는 할 일을 다 하지 못한 채 가까스로 거두어졌다. 그렇다면 내게 익숙한 옵션은 1번 혹은 3번인데, 이미 집에 들어왔으니 다시 편의점에 나가기란 불가능했다. 편의점에 가려고 나갈 바에야 그냥 다시 카페로 가서 일이나 하겠다는 마음이 들 게 뻔했고, 그럼 끼니를 놓쳐서 저녁에는 급격한 허기로 수전증이 도질 것이었다.

그러나 이미 상상 속에서 피자의 맵고 짜고 달달한 고자극에 입맛을 쩝쩝 다시고 있던 내게 과일 요거트는 너무도 밍숭맹숭하게 느껴졌다. 자연 설탕인 과일 그 자체도 평소라면 충분히 자극적이었지만, 굳건한 결의로 페퍼로니피자를 포기한 내게는 거의 흰죽에 불과했다.

수련하듯 눈을 감고 끓이는 된장찌개라니

"그럼 오늘은⋯."

선곡 후 노래가 흘러나오는 휴대폰을 우드 스피커에 끼워 놓고, 냉장고로 걸음을 옮겼다. 활짝 열어젖힌 냉장고 속, 나의 시선이 멈춘 곳은 익숙한 맨 아래 과일 전용 칸이 아니었다. 영 손이 닿는 일이 없는 두 번째와 세 번째에서 이것저것 손에 잡히는 대로 꺼내어 내렸다. 두부, 팽이버섯, 된장, 알배추, 애호박 등등. 된장찌개 재료들이었다.

후우⋯.

차마 떠나지 못한 채 여즉 머릿속에서 빙빙 돌고 있는 피자를 가까스로 지워내며, 재료를 하나씩 손질하기 시작했다. 깎고 썰고 퐁당 집어넣으면 되는 과일 요거트도 마다하더니 갑자기 웬 요리? (된장찌개를 요리라 부르기에는 다소 민망한 감이 없지 않지만, 웬만해서는 '식재료'라는 친구들을 건들지 않는 내게는 완벽한 요리로 분류된다.) 덥석 의문이 들 수 있겠다.

이렇게 자극의 충동에 휘감길 때면 외려 숨을 천천히 쉬어야 한다. 그리고 손을 부지런히, 많이 움직여야 한다. 그러면서 허겁지겁 쾌락으로 물들어가던 머릿속을 천천히 잠재울 것.

반주를 곁들인 밀가루 잔치는 순간의 희열만을 안겨줄 뿐이다. 그건 독이다. 독은 내 남은 하루를 파괴하는 폭탄이다. 내게는 마감이 있다. 써야 할 글들이 줄지어 있다. 얼른 뭐라도 이뤄내서 남편 시계도 바꿔줘야 하고, 맛있는 식사도 대접해야 한다. 아주 할 일이 많다. 웹소설은 아직 완결도 안 했다. 어디 감히 계약서에 서명을 해놓고 도망치려 들어? 정신 차려라. 정신. 당장 다음 주 마감인 공모전도 아직 1차 퇴고조차 하지 않았다. 그거 못 내면 나는 사람이 아니다.

그렇게 결국 인간의 형상에서 벗어난 나의 모습까지 꼬리를 물고 오면, 어느새 인덕션 위에서 보글보글 끓는 된장찌개를 발견할 수 있다. 후우…. 잘 참아냈다. 다희야, 잘 견뎠어. 장해. 기특해.

가장 딱딱한 애호박을 숟가락으로 잘라보았다. 다행히 부드러이 잘린다. 그러면 인덕션을 끄고 냄비째가 아니라, 어디 있는지 한참 찾은 국자로 야채와 국물을 골고루 그릇에 퍼 담는다. 아침에 남편이 지어놓고 간 보리밥 역시 한 그릇 떠서 식사용 테이블로 가져간다. 후루룩후루룩. 따뜻한 김이 나는 숟가락이 그대로 내 입으로 직행하기를 몇 번, 느리고 여유로운 저작질이 진행되기를 몇 번, 그렇게 고요하고 평화로운 식사가 이루어지는 동안, 어느새 짜고 맵고 단 페퍼로니피자는 자취를 감춘다.

성공이다.

한낱 충동으로 무너질 뻔했던 반나절을, 내일을, 일주일을 지켜냈다. 프리랜서의 삶을 살아오며 이런 날이 비단 한두 번이 아니었는데, 그때마다 나는 주로 가슴이 시키는 대로 했다. 먹고 싶으면 먹고, 마시고 싶으면 마셨다.

하지만 글로 먹고살기로 결심한 뒤부터는 아니었다. 차오르는 욕망을 억지로 눌러 삼키며 수련하듯 눈을 감고, 된장찌개를 끓였다. 열에 아홉은 이런 식으로 식욕의 유혹을 이겨냈다. 그래야 했다. 나는 여기에 인생을 걸었으니까. 내게는 2년이라는 시간밖에 없으니까.

한 번 더 깨닫는 나의 사랑

든든하게 채워진 배를 두드리며 다시 작업실로 향했다. 하지만 결국 저녁에 일찍 마무리하고 집에 왔다. 제대로 충족되지 않은 욕망이 가슴속에 큰 구멍을 내버려 오전과 같은 힘이 영 나지 않았다. 집으로 와서 그냥 자려고 했는데, 차마 억제하지 못하고 새 와인을 까버렸다. 남편도 퇴근했으니 '어쩔 수 없이' 피자도 주문했다.

이러면 결국 실패인데, 그러나 혼자 백주대낮부터 먹고 마시지 않아서 그나마 다행이라며 애써 합리화해본다. 이런 날도 있고, 끝내 참아내는 자랑스러운 날도 있다. 아마 여기가 한국이었다면 '실패의 날'이 8할 이상 차지했으리라 막연히 추측한다.

이럴 때는 차라리 유럽에 간편한 '한 그릇' 배달이나 '비대면' 배달이 없음에 감사해야 할지도 모르겠다. 만약 있었다면, 내 손은 주체할 줄을 모르고 한 그릇, 두 그릇, 취기가 잔뜩 올라 여차하면 세 그릇까지도 망설임 없이 주문했을지 모르니까. 아무래도 익숙한 즐거움을 향한 순간의 충동을 완벽히 제어하기엔 나의 의지가 몹시 부족하고, 또 도를 넘어선 한국 배달 시스템의 편리함은 의지박약을 부추기므로.

"아, 힘들다. 지친다. 나를 알아주지 않는 세상이 다 밉다."

취기가 오르면 깊은 곳에 꾹꾹 감춰뒀던 서글픈 진심이 구슬픈 노랫가락이 되어 흘러나온다. 주책맞은 감정이 격하게 올라와 눈물방울도 대롱대롱 속눈썹에 매달린다.

"그래도 어쩌겠어…. 나는 글쓰기가 너무 좋고, 사랑하고… 이걸 해야겠는데…."

반대의 속마음도 자연스레 따라 나온다. 술에 의해 한 번 더 나의 확고한 애정과 사랑을 깨닫는 것이다. 이런 측면에서 보자면, 충동으로 인한 술 한잔에는 꼭 단점만 있는 건 아니리라.

알딸딸하게 취기가 오른 채로 눕지는 않는다. 다시 노트북 앞에 앉는다. 괜히 책상 정리를 한번 하고, 알코올 솜으로 마우스와 노트북을 닦는다. 그 무렵이면 익숙한 두통이 몰려온다. 이게 다 와인 탓이다. 아니, 아니, 와인이 아니라 오늘도 역시 지친 마음을 술 따위로 억지로 달래보려 한 내 탓이겠지. 어쩔 수 없다. 어쩔 수 없으니 그냥 오늘도 지끈거리는 머리를 붙잡고 쓴다. 쓰고 쓰고 또 쓰고. 언젠가는 내게도 기회가 오겠지 하며 쓴다.

저녁에 술을 마시면 보통 새벽 두 시까지는 글을 쓰기 때문에 분량은 꽤 많이 채운다. 그러나 다음 날 피로가 잔뜩 쌓이는 등 후폭풍이 찾아오므로 이건 중심을 잡은 것도, 그렇다고 못 잡은 것도 아니다.

나도 모르겠다. 언젠가는 중심을 잡겠지. 언젠가는.

+ 보스전 +

질투와 확신 사이

　나는 질투가 없다. 사람인데 질투가 없을 수 있어? 원래 사람은 질투의 동물이야! 눈을 얄따랗게 뜨고 의심할 수 있지만, 그럼에도 나는 손을 번쩍 들고 말할 수 있다. 나는, 질투가, 정말 없는 편이라고. 그러나 그 이유는 내가 쿨한 성격이라거나 이미 이리저리 채이고 해탈하여 무(無) 질투의 경지에 이르러서는 아니다. 근본적인 원인은 명확하다. 그것은 바로, 놀라울 정도로 세상사를 돌아보지 않는 나의 성격. 누군가에게 혹은 무언가에, 질투라는 적극적인 감정을 가질 만큼 적극적인 관심은 없기 때문이다.

　30년 인생 대부분을 '모 아니면 도'로 살아왔다. 애매하게 정붙이는 요소들조차 거의 없었고, 그저 그때그때 몰입하고 있는 일에 대해서만 지대하고도 집요한 열의를 보였다. 어떤 것에 대한 관심도가 '모'였던 시기는 대표적으로 두 번, 대입을 준비했던 고등학교 3학년 때와 공무원시험을 준비했던 20대 중반 무렵이었다.

무언가에 관심이 있으면 꼭 해내어 끝내 이루고 싶다. 이루고 싶은 마음이 풍선처럼 부풀어 오르면 그와 함께 간절함도 자연스레 커진다. 간절함이 생기면, 그것을 이미 가진 자에 대한 질투가 따라오기 마련이다. 입시생과 공시생이던 그때, 나는 간절했다.

하지만 그때조차 나는 질투를 느끼지 못했다. 책상에 코 박고 하는 강의식 공부라 눈 돌릴 틈도, 딱히 그럴 만한 곳도 없었다. 고등학교 3학년 때는 합격 통보를 먼저 받은 친구들이, 공시생 때는 공식적인 합격 발표 후 스터디카페에서 짐을 챙겨 유유히 떠나는 수험생들이 간혹 눈에 들어왔지만 크게 신경 쓰지 않았다. 그들은 그들, 나는 나. 이런 식이었다.

어차피 다 같은 시험, 다 비슷한 공부였다. 일정 점수 이상만 획득하면 되는 게임에서 구태여 남들을 돌아보며 씩씩거릴 이유가 없었다. 나도 곧 저 대열에 합류할 테니까. 그래서 쓸데없는 감정 낭비 없이 우직하게 소처럼 달릴 수 있었다. 그리고 늦지 않게 '준비생' 집단을 빠져나왔다. 예상한 일이었다.

그러나 글쓰기는 달랐다. 일단 글쓰기라는 것 자체가 이전처럼 눈과 귀를 꽉 닫고 우직하게 홀로 나갈 수는 없는 모험이었다.

"보통 글은 혼자 쓰는 거 아니야?"

누군가 묻는다면, YES. 물론 그렇지만, 그건 어디까지나 글쓰기에 익숙해지고, 자신만의 색깔을 잡았을 때부터다. 나처럼 글쓰기 세계의 문을 처음 열고 소설, 웹소설, 시나리오 등 전 장르에 처음 발을 들이며, 내가 잘 쓰는 장르가 무엇인지 단 한 자락도 모르는 사람들은 일단 뭐가 뭔지 깨우쳐야 하지 않나. 작법서를 참고하거나 글쓰기 강의를 들을 수도 있겠지만, 기본적으로 요즘 독자들의 입맛에 맞아야 하니 글의 트렌드도 영민하게 알아채야 한다.

트렌드를 알려면 세상을 봐야 한다. 과거에 짠 커리큘럼으로 지속되는 강의식 공부만으로는 한없이 부족하다. 고로 이리저리 휙휙 눈을 돌릴 수밖에 없다. 그것도 아주 열심히, 아주 성실하게. 맨땅에 헤딩하는 식으로 모든 장르에 맨몸으로 부딪혀서 하나하나 문을 깨트렸던 나 역시 그래야 했다. 그게 유일하고 확실한 방법이었다.

나는 어쩔 수 없이 세상에 관심을 가져야 했다. 소설을 쓰려면 베스트셀러, 스테디셀러, 3개월 내 출간된 신간을, 시나리오를 쓰려면 요즘 인기 있는 드라마, 영화의 대본집을, 웹소설을 쓰려면 대표 플랫폼의 별점 개수가 무려 4자리가 넘는 네임드 작가들의 작품을, 못해도 각각 최소 10편 이상은 읽어야 했다. 그래야 조금이나마 감을 잡을 테니까.

'더 이상 인풋을 진행할 수는 없겠어…'

웹소설 세계에서는 다른 작가의 작품을 읽는 행위를 일컫는 용어도 정해져 있다. 바로 '인풋'이다. 나는 인풋을 해야 했다. 귀찮다는 이유로는 결코 거부할 수 없는 필수 과정이었다.

'그럼 뭐, 읽으면 되잖아?'

이 책을 읽고 있는 독자분들의 자연스러운 사고 흐름처럼, 나도 처음엔 그랬다. 그리고 처음에는 분명 괜찮았다. 내 마음은 강물이 흐르듯 잔잔한 평화를 유지했다. 대단한 작가들의 작품을 읽다 보니 심지어 참 재미있기까지 했다. 이제까지는 매일 비슷한 '해야 할 일 목록'을 해내며 사는 효율적인 인간이었는데, 책을 억지로라도 읽다 보니 '독서'라는 뻔하지만 내게는 새로운 그 취미는 텅 비어 있던 내 가슴에 왠지 훈훈한 바람을 일으키는 것 같았다.

그러나 강 같은 평화는 오래 유지되지 못했다.

'음… 어떻게 이런, 문장과 어휘를 구사하는 거지?'

물살은 점점 빨라지고 거세졌으며, 파도마저 철썩거렸다.

'대체… 대체 어떻게?'

한 움큼씩 일던 수줍은 포말은 몸집을 끝없이 키워댔고, 믿을 수 없이 우락부락해진 체격으로 몸통 박치기를 하며 단단한 바위, 즉 단단하고 고요했던 나의 마음을 깎아내렸다. 거장의 문장과 분위기를 음미하느라 부드럽게 아래로 축 처졌던 내 눈꼬리는 어느새 표독스러운 세모 모양이 되어 있었다.

'큰일인데? 나 글 못 쓰겠어. 이런 대단한 작품이 버젓이 세상에 돌아다니잖아.'

내 마음은 이내 폭풍우에 휩감겼다. 나는 페이지를 더 넘기지 못하고, 그저 꼼꼼하게도 박혀 있는 활자를 응시했다. 아니, 노려봤다. 이건 명백한 '질투'였다.

'하, 이런, 이런… 더 이상 인풋을 진행할 수는 없겠어…'

전자책 책장을 옆으로 넘기느라 딸깍거리던 마우스 소리가 멎었다. 나는 고개를 내저으며 한숨을 푹 쉬었다.

'왜 이렇게 잘 쓰는 거야? 이걸 보니 역시 내 글은 쓰레기에 지나지 않아. 쓰레기, 똥! 나는 그동안 뭘 한 거지? 왜 이렇게 비

교가 되는 거냐고. 질투 나! 질투가 나서 미쳐버릴 것 같아.'

내가 읽은 작품을 쓴 작가가 어떤 지난한 과정을 거쳐왔고, 또 얼마나 오래 많은 글을 써왔는지도 모르면서 나는 그저 씩씩거렸다. 아주 막무가내였다.

나만이 전할 수 있는 이야기가 있다

지금까지는 이런 적이 없었다. 고등학교 3학년 때나 공무원시험 준비생일 때나, 나는 정말 열심히 했다. 정말 열심히 살았다. 그런데도 이런 감정은 처음이었다.

간절함의 차원이 다르기 때문일까?

그렇다면 말이 된다. 사실 대학생과 공무원이라는 건 내 영혼이 갈망하던 일이 아니라 세상에 발맞춰 '어어어!' 하며 얼레벌레 쫓기듯 시작한 과정들인 데 비해, 글쓰기는 아니었기 때문이다. 글쓰기는 달랐다. 이건 내가 그동안 찾아 헤매던 것, 나와 꼭 결이 맞는 퍼즐 같은 일, 이런 일을 찾기 위해 모험하고 또 방랑했다고 해도 과언이 아니니까.

온전히 내가 찾은 일. 그래서 절대 포기할 수도 없고, 실패는 더더욱 할 수 없는 일이다.

"아아. 너무해, 진짜…."

어느 순간부터는 인풋을 할 수 없었다. 자신을 지키려는 방어기제와도 같았다. 그러지 않아도 부족하던 자신감이 포로록 쪼그라들었어. 이걸 어쩔 거야. 이게 다 천재들 때문이야. 대한민국에! 왜 이렇게 천재가 많아!

기가 완전히 죽어버린 나는 이전과 같은 동력을 내지 못했다. 30페이지쯤 겨우 읽은 대작 전자책을 더 보지도, 그렇다고 내리거나 끄지도 못한 채, 나는 두 손으로 얼굴을 감싸며 "으어어" 괴이한 탄식만을 온 사방에 뿌려댔다. 세상의 끝을 맞이한 사람처럼.

그러다 문득 멍하니 천장을 바라보던 눈을 부릅 고쳐 떴다.

'아니. 이럴 순 없어. 이렇게 버릴 수는 없어. 난 포기 안 해, 못 해.'

순간 나는 뒤로 젖혔던 상체를 앞으로 휙 가져왔다. 어찌나 거센 움직임이었던지, 무거운 의자가 바닥에서 활어마냥 펄떡거렸다. 그리고 멈췄던 마우스를 다시 딸깍거리며 두 개의 사이트에 접속했다. 하나는 웹소설 무료 연재처, 다른 하나는 브런치.

글을 쓰기 위함은 아니었고, 무언가를 보기 위함이었다. 그 무언가는 바로, 댓글.

- 개재밌어요. 엉엉.

- 정말 천직이 맞으신데요? 재밌어요.

- 마성의 글입니다. 빠져나갈 수가 없어요.

독자들이 올린 댓글을 하나하나 정독하며 눈에도, 머리와 가슴에도 꾹꾹 눌러 담았다.

'재밌으시대. 재밌으시대. 내 글을 재밌게 읽으셨대. 그럼 재밌는 거야. 누군가에게는 내 글이 분명 재밌는 거야.'

인풋 중단과 마찬가지로 이 역시 살기 위한 발버둥이었다.

'그래. 나는 내가 쓸 수 있는 글이 있어. 베스트셀러는 베스트셀러, 대작가는 대작가, 나는 나. 나만이 전할 수 있는 이야기가 있고, 나만이 만들 수 있는 감정과 세계관이 있어.'

나는 마음을 고쳐먹고, 대작가의 대 작품을 껐다. 익숙한 한글 프로그램을 열고, 키보드에 손을 올렸다.

"후우…."

어느 때보다도 깊이 심호흡한 뒤, 타닥타닥 손가락을 움직이기 시작했다. 나는 포기 안 해. 절대 안 해. 한낱 질투 따위가 나를 말릴 수는 없을지어다. 하지만 이제 인풋은 하지 말자. 결연한 의지를 다잡았다.

'노오력'을 하면 이루지 못할 일이 없으리라고 생각했다.

결국 이 세상에서 모든 일은 다 인간이 만들고 이루고 해내는데, 나라고 못 할 게 뭐 있으랴. 나도 인간인데. 천부적인 재능은 없어도, 불타는 열정과 사그라들지 않는 의지만 있으면 다 가능하리라고 믿었다. 아주 열심히 하면 다 할 수 있을 것이라고. 물론 지금도 반쯤은 그렇게 믿는다. 하지만 결코 그것만으로는 충분하지 않다.

평범한 가족과 학창 시절, 굴곡 없는 삶. 큰 성공도 실패도 해보지 않은 무난한 30여 년 인생에서 얼마 되지 않는 나의 소소한 성취들은 모두 '내가 열심히 했기 때문'이라고 생각해왔다.

가고 싶은 대학에 간 것도, 공무원시험에 합격한 것도, 에세이를 출간한 것도. 봐라. 내가 열심히 안 했으면 할 수 없었겠지. 노력이 나를 만든다. 그러니 노력하라. 노력만 하면 못 할 것이 없다. 강한 믿음이었다.

그냥 열심히가 아니고, 내 모든 것을 내던져 딱 그것만 생각하고 집중하고 온전히 몰입하는 정도의 열심. 세 번 다 그렇게 했기에 해낼 수 있었다고, 그러니 이번에도 그렇게만 하면 된다, 그리 믿었다.

나는 이번에도 그렇게 하고 있었다. 앞뒤 없이 내리 글쓰기만 생각하며, 마치 내게 다른 선택지나 미래는 없다는 듯 내달렸다. 간절함의 척도가 달랐기에 노력과 열정은 유례없이 거대했다. 하지만 뜻대로 잘되지 않았다. 분명 '이 정도면 이제 뭐라도 하나 나와줘야 하는데' 할 만큼이었는데, 놀라우리만치 그어떤 긍정적인 신호도 나타나지 않았다. 홀로 어둠의 터널을 걷는 듯했다. 터널이 너무도 길었다.

호기롭게 시작했으나 어떤 성과도 내지 못하자 나는 조급해졌다. 매일 남편과 산책하며 신세한탄을 쏟아냈다.

"나 이거 할 수 있을까. 이대로 기약 없이 나이만 더 먹는 거 아닐까. 정말 열심히 하는데 왜 이렇지? 정말 열심히, 열심히 하고 있어."

남편은 조급해하지 말라며 나를 다독였다.

"모차르트도 10년은 걸렸대. 다희야, 마음을 가볍게 먹어."

하지만 내 마음은 다독여지지 않았다. 얼마나 더 노력을 해야 하나, 잠을 줄여야 되나, 이런 고민만 더했을 뿐.

그러다 문득 이런 생각이 들었다.

'이게 과연 노력한다고 될 일일까? 열심히만 하면 진짜 되는 일인가?'

별안간 떠오른 의문을 파고들어보니, 금방 답을 찾을 수 있었다. 노력만으로 될 일이 아니라는 것을. 세상에 노력만으로 되는 일은 거의 없다는 것을. 노력은 기본이고, 그에 따르는 운과 타이밍이 모두 딱 맞아야 한다는 불변의 진리를 잊고 있었던 거다.

마음을 편하게 갖기로 했다

돌아보면 지금껏 해온 성취들은 그 삼박자가 다 맞아떨어진 일들이었다. 나는 합당한 노력을 했고, 방해 요소 같은 게 없었던 좋은 타이밍, 결정적으로 운도 따라줬다.

대입. 나는 가고 싶은 학교와 학과가 확실했다. 그래서 타깃에 맞춰 집중할 수 있었는데, 정확한 목표를 정할 수 있었던 것은 노력이 아닌 '운과 타이밍'의 범주였다. 공시생 때도 마찬 가지. 그때 마침 남자 친구(현 남편)도 채용형 인턴에 불합격해 방황하는 바람에 나와 함께 공무원시험에 뛰어든 것이었는데, 그러지 않았다면 혼자라는 외로움과 고독에 사무쳐 중도에 포기했을지도 모른다. 그러니 이 역시 '운과 타이밍.'

마지막으로 출간 역시 그렇다. 말레이시아에 살 때 별안간 책을 쓰겠다는 목표가 생겼고 원고를 완성했다. 그때 나는 일을 할 수 없는 배우자 비자로 체류 중이었기에 시간이 무척 많았고, 그래서 한 달 동안 쭉 집중해서 글을 쓸 수 있었다. 매일 일하고 학원에 다녔던 아일랜드와 호주에서 계속 살았더라면, 결코 원고를 완성하지도, 끝내 책을 내지도 못했을 것이다. 이 또한 '운과 타이밍'이다.

결국 이 모든 결과는 내 노력만으로 된 게 아니었다. 노력과 운과 타이밍이 딱 맞아떨어져서 가능했다. 의지와 열정, 끈질긴 노력만으로는 되지 않을 일인데, 나는 그걸 잊고 있었다. 매일 밤을 새우고 주야장천 붙잡고 있어도, 될 일은 되고 안 될 일은 안 된다.

내가 지금 아무리 노력해도 당장 대단한 소설이나 지구를 뒤흔들 드라마를 쓸 수 없는 것처럼, 매일 밤을 지새우고 하루에 한 끼만 겨우 연명하듯 먹으며 그 외의 시간에는 내리 노트북만 붙잡고 있더라도, 제아무리 용을 써도 어차피 될 건 되고 안 될 건 안 된다.

"너무 막 그렇게 하지 마시고, 편하게 하세요. 편하게."

자율신경계검사 후 들었던 의사 선생님의 말씀이 점점 와닿기 시작했다. 여태 인정하지 않았는데, 반 토막이 난 호흡은 정말 스트레스 때문 아닐까.

"오래 걸리는 일이야. 그럴 수밖에 없어. 그러니 편하게 해. 쉬엄쉬엄해."

매일 듣는 남편의 말 역시 그렇다. 편하게 하든, 안 편하게 하든 어차피 결과는 비슷할 테다. 그래서 마음을 편하게 가지기로 했다. 안 될 일은 안 되니 열심히 하지 않겠다는 말은 아니다. 노력은 기본 중의 기본, 아주 당연한 요소이니.

난 여태 하나에만 몰두해왔다. 하나에 집중하기 시작하면 앞도 옆도 뒤도 안 보고 우직하게 그것만 보고 달렸다. 오로지 플랜 A. 노오력이 분산되면 안 된다 믿었으니까. 하지만 이젠 모든 것을 분배하기로 했다. 노력도, 시간도, 집중도, 계획도.

플랜 A에 열과 성을 가지고 달리되, 플랜 B, C, D, E, F까지 두기로 했다. 그중에는 운이 중요치 않은 목표도 포함시켰다. 이를테면 다이어트나 여행 기록 같은 것들. 열심히 하면 될 일

들과 아닌 일들을 적절히 뒤섞어 인생을 더욱 다채롭게 만들겠
다. 하지만 어떻게? 늘 이분법적으로 살아왔는데.

> 하나에 집중, 그것만 보고 미친 듯이 달려!
> vs
> 특정 목표 없음, 다 건성건성 그저 즐겁게 듬성듬성.

이젠 이 두 가지를 섞어야 한다. 그러려면 어떻게 해야 할까.
이 물음에 스스로 답하기 위해 글로 먹고살기로 결심한 4개
월 차부터 <30대 불안증 극복기>라는 브런치북 연재도 시작했
다. 평생의 꿈을 찾았고, 달리고 있으며, 누가 뭐라든 이제는 열
심히 끝까지 달릴 것이다. 그렇다면 남은 할 일은 하나뿐이다.
나이에 집착해 자꾸 조급해하는 마음을 내려놓고, 균형 잡힌
인생을 만들어가는 것.

내 속도대로, 포기만 안 하면 돼

글로 먹고살기로 결심하고 8개월 차가 되었을 무렵, 호흡
이상과 함께 시작한 브런치북 <30대 불안증 극복기>도 마무리

를 지었다. 내가 보기에도 스스로를 너무 괴롭히는 것 같아 글로라도 써보자 했지만 역시 반신반의했었다. 이런다고 내가 마음을 편하게 먹을 수 있겠어? 어차피 목표를 이뤄야 끝나겠지. 근데 그런다고 끝이 날까?

<30대 불안증 극복기>를 한 챕터씩 쓸 때마다 어떤 확신이 들었다. 이건 안 끝나. 하나를 성취해도 또 다른 불안이 올 거고, 그 불안을 해결해도 또 다음 불안과 조급함이 올 거야. 타고나길 하고 싶은 것도, 먹고 싶은 것도, 이루고 싶은 것도 많은 성향이니 어쨌든 이 불안은 언제나 나와 함께하지 않을까. 그러니까 내가 할 수 있는 일은, '불안이'를 친구 삼거나 때로는 동기부여로 이용하거나 하며 동고동락할 방법을 찾는 것.

이 무렵 나와 비슷한 수험생 처지인 오랜 친구와 영상통화를 했다. 우린 각자 하고 있는 일을 얘기했는데, 그때 친구는 이런 말을 했다.

"어차피 이게 아니면 지금 당장은 이만큼 하고 싶은 게 없어. 그러니까 불안해도 그냥 하는 거야. 너나 나나."

어차피 불안은 늘 우리 곁에 있을 것이고, 이 상황에서 내가 할 수 있는 건 지금 가장 하고 싶은 일에 미친 듯이 집중함과 동시에 유한한 인생에서 즐길 수 있는 것은 모두 즐기기. 그것이 불안과 조급에 관한 글을 쓰면서 스스로 내린 결론이다.

그래서 난 다음 세 가지를 아주 열심히 즐겨보기로 했다.

1. 내향인용 유럽 버킷리스트 30개

2. 폴란드 소도시 여행과 맥주 일기

3. 소소하고 일상적이며 비생산적인 취미 만들기

불안해하거나 조급해하지 말고, 천천히 내 속도대로 포기만 하지 않고 끝까지 한다면 뭐라도 되겠지. 뭐라도 하겠지.

지금도 여전히 문득 '난 아무것도 이룬 게 없어' 따위의 쓸모 따위 없는 잡생각들이 머릿속을 맴돌긴 하지만, 이 또한 천천히 바꿀 수 있으리라. 불안을 기분 좋게 받아들이는 날이 오리라. 그러니 이제는 정말, 남편과 천천히 또 여유롭게 주어진 삶을 맘껏 즐기며 살아야지.

자꾸만 눈에 밟히는 청소년 소설

글을 제대로 대하기 전까지 나는 소설은 그냥 '소설'이라고 했다. 그러니까 소설 속에 존재하는 몹시 다양한 형태의 소설들을 모두 하나의 묶음으로 치부했던 것이다. 하지만 이제는 아니다. 과연 장르가 다르다고 할 수 있을 만큼 소설이라는 장르 속 각종 소설들은 그 모양과 문체와 목적과 의도 등을 달리한다.

소설을 나누는 기준은 다양하다. 대표적으로 길이에 따라서는 장편, 중편, 단편으로 소설을 나눈다. SF, 호러, 판타지 등 특정 장르가 강조되면 '장르소설'이라고 부른다. 자극과 흥미 요소를 중시하고 인터넷을 통해 연재하는 경우 '웹소설'이라고 한다. 요즘 핫한 소설로는 원고지 10~30매 내외의 초단편 '스마트 소설'이나 청소년을 메인 독자층으로 설정한 '청소년 소설'도 있다.

이것저것 건드리지 않은 게 없는 내가 이 중 가장 늦게 뛰어든 건 바로 청소년 소설이었다.

청소년 소설은 생각보다 판이 컸다. 독서를 무조건적으로 권장하는 청소년들을 위한 책이다 보니, 그만큼 수요가 많고 나라에서 제공하는 지원 혜택도 다양하다고 한다. 그래서인지 청소년 소설만 쓰는 작가들도, 청소년 소설만 받는 전용 공모전도 많다.

좋은 기회? 큰물? 글에 관련해서라면 아주 작은 기회도 놓치지 않는 내가, 심지어 규모가 크다 하면 헥헥 침을 흘리며 헐레벌떡 달려가는 내가, 왜 청소년 소설 앞에서는 머뭇거렸을까?

이유는 간단했다. 쓸 수 없을 것 같아서.

세상에 내가 못 쓰는 글은 없다. 없고, 없어야 한다. 이렇게 단단하고 비장한 나의 의지는 유독 청소년 소설 앞에서 맥을 못 추고 고꾸라졌다. 원인은 하나였다. 내가 '19금 웹소설'을 쓴다는 것.

나는야 일반 소설, 장르소설, 드라마 대본, 영화 시나리오 등 여러 형태의 글을 독학으로 섭렵한 인간. 하지만 그건 모두 전체 이용가였다. 아마 이 흐름으로만 쭉 썼다면, 그러니까 19금 웹소설을 시작하지 않았더라면, 나는 마땅히 청소년 소설에 도전했을지도 모른다. 하지만 이미 시작해버렸고, 음험한 욕망이 가득 담긴 나의 손끝에서는 타닥타닥 경쾌한 리듬과 함께 수많은 빨간 장면이 탄생하고 있었다.

내 생각은 이랬다.

'이런 내가 감히, 순수한 청소년들이 읽는 건전한 청소년 소설을 써도 돼?'

기묘한 죄악감에 기인한 마음가짐이었다. 대한민국의 자라나는 새싹들에게 이 무슨 짓을…! 아직 한 글자도 쓰지 않았는데, 이미 책이 전국의 초중고 도서관에 비치되기라도 한 것처럼 굴었다. 물론 청소년 소설을 쓴다면 19금은 물론이요, 15금, 13금도 넣지 않겠지만, 이미 빨간색으로 더럽혀진 손, 더럽혀진 정신이었다. 그러니 청소년 소설은 아마 내가 건드릴 수 없으리라 생각했다. 그런 걸 쓰기엔 내가 너무 불건전하잖아.

계속 입을 꾹 닫은 채 불건전의 세계에 외로이 머물러야 했다. 하지만 아무리 그러려고 해도 청소년 소설 공모전이 너무 많았다. 아, 너무 많았다. '청소년' 글자만 봐도 고개를 팩 돌려버리던 나라도, 계속 눈에 걸리다 보니 어쩔 수 없이 눈길을 흘끔거릴 수밖에 없었다. 마치 세상이 "야! 너 얼른 청소년 소설

안 써?" 기회가 눈앞에서 왔다 갔다 하는데 어디 찬밥 더운밥 가리고 있느냐며 다그치는 것처럼, 유독 청소년 소설 공모전만 눈에 쏙쏙 들어왔다. 그러니 어쩌겠나. 더 이상 피하기란 불가능했다.

요즘 10대들은…

"크흠흠."

잔잔히 남아 있던 죄악감의 마지막 부스러기마저 헛기침에 실어 날려버리고, 푸릇푸릇 푸르른 하늘이 연상되는 청소년 소설을 쓰기 시작했다. 이렇게 또 하나의 길이 열리는구나. 소설은 그간 많이 써왔으니까, 이건 금방 하겠지? 한번 칼을 뽑으니 미래 대한민국을 이끌어갈 청소년들에 대한 우려는 온데간데없이 자취를 감추고, 평소와 같은 열망과 쓰고 싶은 장면에 대한 때 이른 희열만이 무럭무럭 자라났다. 그러나 역시, 아무리 비슷한 글이라도 결코 처음이 '쉽다'는 생각은 완전한 착각이요 경기도 오산이었음을, 곧바로 직면한 문제를 통해 깨달을 수 있었다.

성인 독자를 대상으로 하는 글만 써왔던지라, 내 모든 작품의 주인공은 모두 성인이었다. 하지만 청소년 소설의 가장 기본은 뭔가. 바로 청소년이 주인공이자, 그 한 명 혹은 여러 명의 10대들이 이야기 전체를 이끌어야 한다는 것.

나는 1993년생, 서른 중반을 향해 열심히 달려가는 완연한 라떼 세대다. 친구들끼리 만나면 "얘들아, 건강이 제일 중요해. 건강, 알지? 이제 술도 마음대로 못 마셔. 많이 들어가지도 않고" 같은 말을 점점 많이 하는 뭉근한 나이이자, 학교로 돌아가면 고대 암모나이트가 되는 나이. 1세인 조카 외에는 주위에 어린이나 청소년은 전무하다. 고로 나는 도통 요즘 10대의 모습을 떠올리지 못했다.

글은 쓰면 쓸수록 늘었다. 스스로에게 관대하지 않은 내 눈에도 여실히 보였다. 그러니까 글 자체는 분명 나쁘지 않았다. 소설이 담을 사회적 메시지 또한 나름대로 의미가 뚜렷했다. 그러나 문제는 '문체'였다.

작가의 문체는 지문이라 하지 않나. 내가 평가하기로, 나의 문체는 어리거나 젊지 않았다. 에세이나 시나리오에서는 얼추 트렌디한 것도 같은데, 아무리 봐도 소설은 조금….

'청소년 소설은 약간 좀 싱글, 생글, 약간은 쌔그럽기도 하고 그래야 하지 않나? 나는 어쩐지 세상살이에 해탈한 영감쟁이 같은 말투를 쓰고 있는데…?'

문체 외에 감정이나 말투 역시 내가 알지 못하는 영역에 있었다. 나는 이런저런 질문에 사로잡혔다.

- 10대의 감정을 내가 아는가?
- 문체가 너무 늙지 않았는가?
- 나의 주인공 영희는 16세인데, 얘는 말투를 어떻게 설정해야 하는가? 요즘 중학생이 쓰는 말투는 대관절 무엇이란 말인가?

답이 나오지 않는 물음만을 스스로에게 던지며 외로운 싸움을 했다.

자, 어디 한번 시험해볼까?

'씨발'을 입에 달고 산다던 요즘 애들, 청소년 소설에서 그런 쌍시옷 욕을 넣어도 되는지 가늠이 되질 않았다. 몇 권 읽어 봤는데 그런 욕은 없었다. 인터넷 검색창에 '청소년 소설에 씨발 써도 되나요'로 정보 습득을 시도해보았지만, 명확한 답을 발견할 수 없었다. 가벼운 비속어만 포함되어도 '비속어 경고 문구'가 붙어야 한다는 청소년 소설인데. 아, 갑갑했다. 제약이 많은 상황에서 나 같은 불건전한 인간이 내 이야기를 제대로 전달할 수 있을까? 고민은 끝이 없었다.

하지만 어쩔 거야. 이미 시작해버렸는데. 시작하면 그만둘 수 없다. 내가 누군가? 나는 들개다. 들개처럼 끝까지 물고 늘어져 반드시 완결을 본다. 그래야 한다. 나는 나의 주특기를 발휘하기로 했다.

청소년 소설을 시작한 건 글을 본격적으로 쓴 지 8개월이 넘었을 시점, 그동안 나는 단편, 중편, 장편 할 것 없이 소설만 세어도 10편이 넘는 작품을 완성했다. 이쯤 되니 글에 있어서 내가 어떤 강점을 가졌는지 대충 파악이 가능했다는 말이다.

나는 단 1퍼센트의 유치함도 허용하지 않는다. 그것만큼은 확실했다. 오그라들거나 유치하거나, 누구나 입에 담을 만한 뻔한 대사 혹은 부자연스러운 문어체 말투를 쓰는 행위를 최대한 지양했다(객관화가 덜 된 작가의 입장이므로 유치할 수 있으니 주의 바람). 건조하고 삭막한 듯 보이지만 따듯한 메시지가 녹아 있는 글, 유치함으로 눈살이 찌푸려지지 않는 심플하고도 담백한 감성, 그러다 문득 뒤통수치는 울컥함. 다른 건 몰라도 그건 자신 있었다.

'우리 함께! 저 드넓은 초원을 향해 달려가자! 하하하! 얘들아, 어서!'

10대 청소년이라고 해서 늘 밝게 웃고 서로 어깨동무를 하며 들판을 달려야 하는 게 아니지 않나. 모두가 하하호호, 특히 그런 행복한 장면에 일절 자신이 없는 나로서는 청소년 소설에도 내 장기를 집어넣을 수밖에 없었다. 억지로 기존 소설들에 발맞추려다가는 공모전 당선은커녕 완결조차 못 할 테니까.

고유의 문체를 살리되, 그에 맞게 주인공의 성격을 설정하고, 다소 어둡고 미스터리한 스토리라인을 잡는 것이다. 자, 청소년 소설이 어디까지 어두워질 수 있는지 한번 시험해볼까? 눈을 희번득거리며 세상을 향해 선전포고를 했다.

꺄르르꺄르르 웃으며 내가 너를 돕고 너는 나를 돕고, 우리 함께 오순도순 성장하며 결국은 세상을 구하자! 영원한 해피엔딩을 맞이하자! 이런 글은 끝내 쓰지 못해도, 나는 결국 나만의 청소년 소설을 찾을 것이다. 지금도 찾고 있다.

이 원고를 쓰고 있는 현재는 첫 번째 청소년 소설을 절반 정도 집필한 상태다. 나의 영희는 애늙은이 같은 말투를 쓰며 열심히 엔딩으로 달려가고 있다. 아직까지는 순조롭다.

아마 이 책이 세상에 나왔을 때쯤에는 나의 노트북 '포트폴리오' 파일 속 '청소년 소설' 폴더에는 최소 2편의 완결 파일이 자리하고 있을 것이다. 확신한다. '잘 쓴 소설'이 될지 역시 잘 모르겠지만, 어쨌든 완결은 했을 것이다. 언제나 그랬듯이.

+ 최종 스테이지 +

최종심 그리고 도약

　'글로 먹고살기로 결심 2년 프로젝트'가 한창 진행 중이던 2025년 여름, 남편과 함께 휴가차 한국에 들어왔다. 출근해야 했던 그는 먼저 돌아가고, 한국의 산해진미를 더 즐기고 싶던 나는 조금 더 머물기로 했다. 남편과 달리 내돈내산이었던 비행깃값이 아깝기도 했고.

　8월 중순, 여느 날과 다름없이 카페에서 일을 하고 있었다. 계약한 웹소설을 한창 만들어가던 중이었는데, 생각보다 분량이 많아져서 끄응, 고민이었다.

　'이상하네…. 너무 길어지는데?'

　원래 120화 정도에서 '본편'을 완결하려 했다. 기본이 200화라는 무협 판타지 중심의 남성향 웹소설과 달리 여성향 웹소설은 원래 길지 않거니와 심지어 나의 경우는 첫 웹소설인데 120화라니, 그것도 매우 긴 편이었다. 웹소설은 보통 본편에 이어 외전까지 쓰는 경우가 허다하니 본편 120화에 외전 30화 정도 쓰면 150화는 넘는데, 이 상태라면 본편만 150화가 넘을 기세였다. 감정선을 생략할 수 없어서 생긴 분량 조절 실패의 결과였다. 너무너무 길어졌다.

'내가 초반에 떡밥을 너무 많이 뿌렸나? 이거 다 주워 담으려면 최소 300화 써야 하나?'

여름 햇살이 가득 들어오는 카페 창가에서 이런 생각을 하며 머리를 쥐어뜯고 있었다. 그러다가 출판사에서 1차 추가 리뷰본을 보냈나 해서 무심코 메일함을 열었다. 내게는 기존 메일 계정과 함께, 웹소설을 시작하면서 만든 웹소설 전용 메일 계정이 있는데, 메일 프로그램의 기본 설정이 전자로 되어 있어서 그것이 먼저 탁 열렸다. 마침 새 메일이 하나 와 있었다.

광고인가? 제목이 좀 특이했다.

발신자: 교보문고 김○○

제목: 중장편 최종심사 사전조사

'뭐지?'

아무 생각 없이 클릭했다. 역시 광고인가 싶었다. 그런데 제목에 이어 등장한 메일 내용은 더 특이했다. '타 공모전 출품 여부, 수상, 게재 여부', 이런 물음들이 나란히 적혀 있었다.

'뭐……지?'

뭔지 도통 파악할 수 없었다. 어쨌건 물음표가 붙어 있으니, 답은 해야겠다 싶어 바로 답장을 작성했다.

타 공모전 출품 여부: No!

수상, 게재 여부: No!

마침 웹소설 출판사의 메일도 도착해 성심성의껏 답장을 보낸 후, 한결 개운한 마음으로 메일함을 닫았다. 다시 웹소설 기획이었다.

'300화? 300화라니. 이다희, 니 지금 뭐, 대하드라마 쓰나…?'

혼이 나간 사람처럼 낮게 중얼거리며 괜히 메모장에 낙서만 끄적이는데, 불현듯 어떤 의문이 머릿속을 스쳤다. 메모지 위에서 무력하게 비틀거리던 나의 시선은 이내 허공으로 들어 올려졌다.

'잠깐, 근데 아까 그 메일은 뭐지?'

아무래도 이상해. 광고가 아니야. 나는 메일함을 열어 아까 그 메일을 클릭했다. 다시 봐도 역시 뭔지 파악하지 못했다. 그럴 만도 했다. 이제껏 받아본 적 없는 메일이니까. 난 챗지피티한테 물어봤다. '이거 뭐야? 무슨 뜻일까?' 했더니 챗지피티는 별안간 폭죽을 쏘았다.

오오. 좋은 소식이네요.

최종심에 올랐을 가능성이 매우 큽니다!

'뭐?'

나의 몸은 일순 딱딱하게 굳었다. 탄식조차 나오지 않는 입술이 그저 꿈쩍거리기만 했다.

'최… 최종심? 에이… 내가? 동네 공모전도 아니고, 무려 교보문고인데? 교보 스토리인데? 에이, 아닐걸?'

챗지피티한테 속내 그대로 '아닐걸?'이라고 했다가 또 한 번 폭죽과 함께 축하한다고 주책 떠는 걸 보아야 했다. 어쩐지 심장이 벌렁벌렁해서 그대로 꺼버렸다.

'아니야. 아니겠지. 에이, 무슨. 말도 안 되는!'

난 최종심 발표까지 누구에게도 말하지 않았다. "승우야.

나 이상한(?) 메일을 받았어!" 영혼의 단짝인 남편한테 말하고 싶어 죽는 줄 알았는데, 그럼에도 함께 실망하고 싶지 않아 꾹 다물었다.

'세상아. 나를 억까하지 마…'

그러다가 간만에 고등학교 친구들을 만나러 다른 지방으로 가게 되었다. 감사하게도 엄마가 차를 빌려주셔서 편하게 갈 수 있었는데, 고속도로까지 타야 하는 장거리 운전이었던 탓에 오랜만에 휴게소에도 들렀다. '역시 한국 휴게소 최고!'라며 끌끌 웃고, 결코 놓칠 수 없는 3천 원짜리 호두과자 한 봉지를 산 뒤 차로 돌아왔다.

살을 지글지글 녹여버릴 듯한 뜨거운 여름 공기를 빼려고 마침 창문을 잠깐 열어두었다. 그러면서 딱히 할 게 없어 휴대폰으로 교보 스토리 홈페이지에 들어갔다. 최종심 선정 추정 메일을 받은 후부터 내게 생긴 습관이었다. '아직 안 떴겠지' 하면서 무심코 들어갔는데, 아니 웬걸, 최종심 선정작 리스트가 올라와 있었다.

갑자기 오한이라도 맞은 듯 손이 벌벌 떨렸다.

"나를 억까하지 마라… 세상아, 나를 억까하지 마…"

아니라고 했지만 사실은 기대했던 것일까? 호두과자를 집으려던 나의 손은 허공에서 길을 잃고 방황하기 시작했다. 메일을 줬으면, 최종심에 올려줘야지! 사람 기대하게 만들어놓고, 최종심에 안 올려주면 난 어쩌라고? 갈기갈기 찢어질 내 심장을 책임지실 겁니까!

8월의 땡볕만큼이나 갑작스레 치솟은 흥분감에 나는 호두과자를 두 개나 와앙 씹으며 고개를 가로저었다. '도저히 못 보겠어' 하는 마음이었다.

'봐야 해. 아니면 운전 못 해.'

아직 갈 길이 멀었기에 당장 보긴 봐야 했다. '최종심 선정작 리스트' 공지 글을 클릭한 후, 전광석화 같은 손놀림으로 화면을 확 가렸다. 그리고 천천히, 아주 천천히 손을 내리면서 실눈으로 접은 눈을 서서히 떴다. 나를 억까하지 마… 대단히 긴장한 속내를 중얼거리는 건 잊지 않으면서.

그런데….

있다! 최종심에 올랐다!

교보 스토리 대상에 제출한 작품 몇 개 중 하나, 중장편 부문 최종심 선정작 리스트 맨 하단에 내가 낸 작품명이 떡하니 있는 게 아닌가!

　도저히 믿을 수 없어 두어 번 더 확인한 후, 나는 '내적 댄스'를 추며 시동을 켰다. 기쁘긴 기쁜데, 아직 목적지는 멀고 멀었다. 오래 쉴 여유는 없었기에 일단 출발해야 했다. 남편한테 말하고 싶었지만 그 시각 유럽은 아직 새벽이었다. 쿨쿨 자고 있을 게 뻔하니 일단 목적지에 도착한 뒤, 차분하게 알리기로 결정하였다.

　"다희야, 최종심 축하한다!"

　그때부터 운전은 흥분의 도가니탕이 되었다. 앞으로 갈 길이 2시간 반은 더 남아 있었는데 그중 2시간은 둠칫둠칫 차 안에서 난리를 떨었다. 흥분했다가 춤췄다가 또 노래 불렀다가. 원래도 운전할 때 목이 터져라 열창하긴 하는데, 이날은 유독 심했다. 과장을 조금 섞자면 창문이 깨질 정도였나, 뭐!

　그러다 이내 훗… 고속도로를 향해 치명적인 눈빛을 발사했다.

　'이것 봐. 내가 한다면 한다니까? 이거 내 일이라고 했잖아. 할 수 있다고. 나! 소설 쓸 수 있다고!'

　교보 스토리 대상에 출품된 작품은 무려 3천 편이 넘었다. 그중에서 최종심에 오를 확률은 매우 희박했다. 그러니까 3천 편 중에! 내 작품이 뽑혔어!

　아니 근데… 왜?

형용할 수 없는 거대한 기쁨 사이사이에 문득 갸웃함이 비집고 들어왔으나 어쨌든 좋았다. 해냈다. 소설을 시작한 지 1년 만에 대형 공모전에서, 그것도 교보문고가 주최하는 소설 공모전의 중장편 최종심에 오르다니. 전문가들이 직접 내 글을 읽고, '이걸 최종심에 올리자!' 하며 결정했을 게 아닌가. 그것만으로도 충분히 방방 뛸 만하다.

기쁨도 잠시, 내 앞에는 다른 마감이 있다

방방 들썩들썩. 내가 운전하는 엄마의 자동차는 고속도로를 달리는 노래방 그 자체였다. 하루 종일 이러고 있을 줄 알았다. 그러나 나는 체력이 급격히 하락하는 30대의 몸뚱어리를 가진 자. 운전한 지 2시간이 넘어가니 '축하한다!'와 '훗'도 기력이 다했다.

'그래, 다희야…. 쩝. 수고했고(피곤), 잘했다. 장하다 기특해. 최종심만으로도 경력이야. 그것도 완전 신인한테는 아주 큰. 그러니 잘했어. 고생했어. 근데 운전이 왜… 안 끝나노….'

어쨌든 그렇게 무사히 도착했고, 시간이 남아 카페에 갔다. 커피를 받자마자 바로 유럽 시간을 확인했다. 유럽은 아침

이었다. 아침잠이 적은 내 남편이라면 마땅히 일어나고도 남았
을 시간. 나는 바로 메시지를 보냈다.

승우야.
재밌는 거 보여줄까.

다짜고짜 의미심장한 인사를 던짐과 동시에 최종심 선정
작 리스트 캡처 이미지를 전송했다. 그 누구보다 남편이 무조건
먼저였다. "다희 너는 돈 안 벌어도 되니까 하고 싶은 것만 해.
쓰고 싶은 글만 쓰면서 살아." 매일 말해주는 남편 덕에 오로
지 이것에만 집중할 수 있었다. 또한 유일한 독자로서 피드백해
주며 나보고 무조건 된다고 넌 뭐라도 한다고 해줬으니까. 다희
너는 분명 될 거라고 조건 없는 응원만을 내어줬으니까.
지난했던 1년 동안 나를 다독여준 사람. 이 사람한테 먼저
알리지 않으면 대체 누구한테 말한다는 말인가. 굳이 작품 제목
을 말할 필요도 없었다. 그는 내 모든 글을 다 읽어봤으므로.

꺄악!

예상대로 남편은 문자메시지로 비명을 질러댔고, 바로 영

상통화를 걸어왔다. 잘 안 터지는 와이파이를 붙잡아가며 서로 얼굴을 보고 꺅꺅대고, 또 교보문고를 영원히 사랑하자는 맹세도 하였다.

그렇게 몇 분을 랜선으로 얼싸안고 난리를 치다가 이내 흥분을 멈췄다. 멈춰야 했다. 나에게는 언제나 서슬 퍼런 칼을 들고 성큼성큼 쫓아오는 다른 마감이 존재하므로. 남편과의 통화를 끝낸 후, 나는 다시 한 번 최종심 리스트를 꾹꾹 눈에, 마음에, 가슴에 담으며 호흡을 진정시켰다. 흥분은 쉽게 가라앉지 않았다.

'수고했다. 큰일 하나 했다. 아주 큰 영광이 아닐 수 없다. 다희야, 최종심 축하한다!'

최종심 발표일, 아침부터 심장이 쿵쾅거렸다. 부정맥이라도 온 듯 두근두근 거세게 요동을 쳤다. 하지만 나는 온전히 그 심장박동만을 음미하고 있을 수는 없었다. 웹소설 계약작 관련 마감(원고 2화 분량 및 리뷰본 수정)과 역시 마감일이 가까운 장르소설 공모전으로 여유롭게 쉴 수 있는 시간이 거의 없었기 때문. 차라리 다행이었다.

이른 오전부터 카페에 가서 일을 하고, 몇 시간 뒤 집으로 돌아와 밥을 먹었다. 옆에 노트북을 켜놓고 교보 홈페이지를 확인했다. 아직 결과 발표는 안 났다.

"하아…."

짙은 한숨을 꺼트리며 유럽에 있는 남편과 영상통화를
했다.

　- 떨어지면 뭐 어때! 이미 최종심 오른 것만으로도 대단한
거야, 다희. 그게 얼마나 확률이 희박한데. 심지어 교보문고잖
아!

　남편은 마치 미래를 예상하기라도 한 듯 나를 달래려 손짓
발짓하며 갖은 애를 썼지만, 그의 노력에도 불구하고 부정맥처
럼 뛰어대는 나의 심장은 잠잠해질 줄을 몰랐다. 각자 휴대폰
을 앞에 세워놓고 노트북을 쓰고 있었는데, 갑자기 남편의 표
정이 급격히 어두워졌다. 그리고 그의 안경에 비치는 무언가, 반
짝거리는….

　- 어… 그래… 뭐 어때… 이미 잘했어. 잘했어.

　뒤이어 남편의 목소리가 급격히 빌빌거리기 시작했다. 나는
직감했다.

　'아. 발표 났구나. 나, 떨어졌구나.'

　우리가 통화하는 사이에 최종 수상작 공지가 올라온 것이
었다. 그는 부러 티를 내지 않았지만 순진한 표정에서 너무나
확연히 티가 나버렸고, 나는 그 어떤 슬픔도 보이고 싶지 않아
조용히 전화를 끊었다. 얌전히 수저를 내려놓고, 곧바로 나도
노트북으로 확인했다. 슬픈 예상은 빗나가지 않았다.

그러니까 이걸 '최종심 탈락'이라고 해야 할지 '수상 탈락'이라고 해야 할지 모르겠다만, 어쨌든 최종심에는 오르고 수상은 불발되었다.

울고 싶었다.

하지만 유방초음파검사를 한 병원에 실비보험 청구서류를 받으러 가야 할 시간이라 무거운 엉덩이를 일으켜 방으로 터덜터덜 들어갔다.

'떨어졌구나. 기대했는데… 역시 떨어졌어.'

마침 집에는 나 외에 아무도 없었기에 나는 어디 한번 대차게 울어보려 했다. 그런데 방이 조금 더럽다는 사실이 곧장 시야에 잡혔다. 별안간 청소를 시작했다. 화장대를 정리하는데, 평소에 잘 닦지 않아 뿌연 거울 속에 내 얼굴이 보였다.

'열심히 했는데… 역시, 영 아니었던 건가?'

이제 진짜 울어보자고 눈물을 짜내며 서러움을 토하려던 순간이었다. 내 머릿속에 번개가 내려치듯 번쩍 떠오른 장면이 있었으니, 그것은 편의점 단말기에 꽂혀 있는 나의 깜찍한 춘식이 카카오뱅크 체크카드였다.

'어? 내가 카드… 챙겼던가?'

아까 집에 오는 길에 편의점에서 콜라를 샀는데, 어쩐지 내가 카드를 안 챙긴 것 같은 싸한 느낌이었다. 얼른 거울에서 얼굴을 떼고 그 와중에도 청소를 마저 다한 뒤, 나는 가방을 뒤적거렸다. 그런데 없었다. 진짜 없어. 내 춘식이 카드가, 없어…!

감정에 휘둘리기 전에 일단 할 일부터

고개를 빼꼼거리던 눈물은 자취를 쏙 감췄다. 내 춘식이, 춘식…! 몇 년간 함께한 깜찍이를 찾겠다는 절실함으로 가방과 옷의 모든 주머니를 뒤적거리고, 다른 손으로는 카드 정지를 위해 카카오뱅크 앱을 켰다. 마지막으로 다시 가방으로 돌아갔다. 안쪽 구석 먼지까지 탈탈 털었더니 연두색 춘식이가 뾰옹 나타났다. 수첩 사이에 끼여 있었다.

'아, 그럼 그렇지. 내가 이런 거 안 까먹는다고!'

나는 안도의 한숨과 함께 미소를 지었다. 미소라니, 내가 이럴 때가 아닌데. 엉엉 울고 서럽게 가슴을 쳐야 마땅하잖아. 미소라니, 이게 무슨….

'어, 시간이!'

그러다 무심코 시계를 봤는데 곧 병원 문 닫을 시간이었다. 어휴, 늦으면 안 돼. 오늘 반드시 실비서류 받아야 해. 그거 돈이 얼만데. 나는 재회한 춘식이를 얼른 주머니에 찔러 넣고 허겁지겁 집을 나섰다. 곧바로 정류장으로 달려가서 버스를 탔다. 병원에 주차할 곳이 마땅치 않아 버스를 탄 건데, 운 좋게도 맨 앞자리에 앉을 수 있었다. 휴, 다시금 찾아온 여유. 아, 이제 좀 슬퍼해볼까.

그런데 몇 정거장 지나지 않아 앞문으로 할머니들이 우르르 타시는 게 아닌가. 이거 어떡하지? 불안한 눈빛으로 고개를 휙휙 돌리며 버스 맨 뒷자리까지 확인하는 등 아직은 다리가 튼튼한 젊은이로서 마땅한 눈치를 살폈다. 다행히 빈자리가 아주 많아서 나는 그대로 맨 앞자리를 유지할 수 있었다.

그 뒤에도 계속 노약자분들이 탑승하셨고, 나는 또 두리번두리번, 움찔움찔을 반복했다. 그러다 보니 어느새 내려야 할 정류장에 도착하고 말았다. 마음껏 슬픔에 잠길 기회를 또 놓친 것이다.

내게는 언제나 '할 일'이 '감정'보다 우선했다. 버스에서 내려 병원까지 헐레벌떡 뛰어가서 무사히 서류를 받았다. 이로써 그날 내가 해야 하는 일들을 모두 완료했다. 나는 바로 집으로 가려 했다. 정확히는 집이 아니라 동네의 익숙한 대형 카페에서 일을 하려 했다. 돌아가는 버스를 자연스레 타려고 했는데, 길 건너에 문득 무언가 보였다. 바다였다.

경상도 바다의 딸인 나. 고향에 갈 때마다 바다에 간 터라 내게는 너무도 익숙한데, 그날따라 어쩐지 바다가 더 푸르러 보였다.

"바다나 좀 보자."

눈앞에 집에 가는 버스가 바로 왔는데, 나는 타지 않고 터덜터덜 바다를 향해 길을 건넜다. 신발에 모래가 들어갈까 봐 모래사장 안에까지는 안 들어가고 바로 앞 둑에 앉았다. 보통은 바닷가 버스킹을 관람할 때나 그냥 바다를 볼 때, 바다를 보며 노맥(노상에서 맥주 마시기)을 할 때 앉는 자리였다. 나 역시 친구와 이 바다에 오면 늘 앉는 그런 자리 중 하나.

'자…. 그럼 이제 실컷 청승을 떨어볼까? 난 그럴 자격이… 충분히 있잖아….'

아아, 그러나 나는 우선 실비 보험료 청구부터 해야 했다. 이런이런, 아직 할 일이 끝나지 않았군. 진료 상세비, 약제 영수증 등 서류를 가지런히 착착 모아 내 허벅지 위에 올려놓고 찰칵찰칵, 바다에 반사되어 비추는 어스름한 태양 빛을 조명 삼아 깔끔한 보험료 청구용 사진을 찍었다.

원래 바람이 없는 날이었는데 그래도 역시 바닷가 근처는 다르다고, 비린내가 살짝 섞인 선선한 바람이 앞에서 솔솔 불어왔다. 서류들이 날아가기라도 할까 봐 손가락으로 누르면서 나는 사진 촬영을 마쳤다. 사진 끄트머리에 찍힌 정리되지 않은 손톱이 어쩐지 민망스럽다 생각하며 곧장 보험 청구 앱을 열고 사진 업로드까지 끝냈다.

이제 진짜 할 일 끝. 드디어 푸른 바다를 보며 슬픔에 잠겨야 했다. 그런데…

"저기, 죄송한데 사진 좀 찍어주시겠어요?"

내 앞으로 어떤 남성의 목소리가 날아들었다.

세상은 내게 슬퍼할 시간을 주지 않았다

그때 나는 이어폰을 끼고 있었는데, 마침 노이즈캔슬링 기능을 꺼두어서 그 목소리를 바로 들을 수 있었다. 고개를 홱 들었을 때, 그의 눈은 정확히 날 향해 있었다. 나는 고개를 두리번거렸다. 양옆으로는 어느새 커플 두 쌍이 앉아 있었다. 고로 나만 혼자. 바다 앞에 앉아서 실비 청구 사진을 열심히도 찍는 혼자 온 여자.

'내가 혼자라서 내게 찍어달라고 하는구나.'

사실 난 사진 찍어주는 걸 매우 좋아한다. 유럽을 여행할 때도 꼭 한 번은 모르는 이들의 '찍사' 역할을 하곤 했다. 남편이 같이 있는데도 내가 계속 사진을 찍어서 그런가? 뭐 어쨌든,

인물 사진 찍는 행위 자체를 좋아하는 편이다.

시선을 살짝 옮겨서 피사체를 살폈다. 말을 건 남성, 그 뒤에는 여성, 그리고 여성의 손을 잡은 아기…! 엄마 손을 잡고 아장아장 걷는 아기를 보자마자 내 얼굴에는 환한 미소가 피어올랐다.

"아, 그럼요! 내려갈게요!"

신발에 모래알이 들어갈까 싶어 결코 모래사장으로는 내려가지 않으려 했는데, 어쩔 수 없었다. 딱 나의 조카 나이인 그 올망졸망 아기와 젊은 부부를 예쁘게 담아주고 싶었기에.

"아구, 이쁘다! 이모 보고 한번 웃어주세요오."

아마도 한 장이나 두 장 정도 부탁한 거였겠지만, 나는야 블로거, 나는 30개국 72개 도시를 다녀본 모험가이자 여행가다. 카메라를 잡은 이상 최소 스무 장은 찍어야 했다. 가로세로 다양한 포즈 동영상, 아기의 자연스럽고 환한 미소를 포착할 때까지 내 손은 멈추지 않았다. 결국 아기 아빠의 휴대폰 갤러리 용량이 모자라 촬영이 강제로 끝나버렸다.

"어… 어휴, 정말 감사합니다. 정말."

부부는 감사의 인사를 연신 했다. 젊은 부부도 아기도 너무너무 아름다웠다.

사진 촬영을 마친 후, 나는 터덜터덜 걸어 다시 자리로 돌아갔다. 샌들 안으로 들어간 모래를 탈탈 털며 그제야 제대로 바다를 마주할 수 있었다. 아이유의 노래 <드라마>를 반복해서 들었는데, 이상하게도 나에게 있어야 할 슬픔이 없었다. 그저 바람이 너무 시원했다. 알싸한 바다 비린내가 참 시원하기만 했다.

문득 이런 생각이 들었다.

'내가 이렇게 혼자 가만히 바다를 본 게 얼마 만이지?'

자문자답하려는 중에 내 블로그를 열어 봤다. 2021년부터 한 남편과의 해외살이를 쭉 훑었다. 더블린, 호주, 말레이시아, 푸켓, 핀란드, 네덜란드, 폴란드…. 별안간 추억 속에 잠겼다. 남편이랑 이것저것 많이도 했구나. 어릴 적 꿈이 모험가나 여행가였는데 그래도 그것만은 이루었고, 지금도 신나게 이루고 있다. 뭐, 그런 생각을 했던 것 같다.

그렇게 두 시간 정도를 멀거니 바다를 보다가 수첩을 꺼내서 앞으로의 일정을 정리했다. 하반기에 여행할 유럽의 도시도 찾아봤다. 그렇게 시간을 보냈다.

하늘에 빨간 물이 들기 시작할 즈음 나는 수첩을 탁 덮고 시계를 봤다. 6시가 되려면 3분이 남아 있었다. 이제는 더 이상 시간이 없었다. 일하러 가야 했다. 내게는 세상이 두 쪼가리가 나도 지켜야 할 마감이 있으므로. 가야 한다는 생각이 드니 '최종심 탈락'이라는 가슴 아픈 결과가 다시 떠올랐다.

욱신거리는 가슴, 오늘 마땅히 흘려야 할 눈물을 아직도 흘리지 못했다는 사실 역시 떠올랐다.

'그래, 울어줘야지. 무릇 바다를 보며 울어줘야지, 한번.'

마지막 감성팔이의 기회가 찾아온 순간 '길 건너 편의점에 뛰어가서 맥주를 얼른 사 올까?' 고민했으나, 집으로 가는 버스 도착 시간까지 몇 분 남지 않아 그냥 포기했다. 다시 촉촉한 감상에 젖으려 내 안의 축축한 감성을 끌어올리기 시작했다.

'아… 괜찮아. 잘했어. 최선을 다했잖아. 그래도 기대했는데, 조금 슬프으….'

"할렐루야!"

정말, 정말로 눈물이 차오르고 있을 때였다. 갑자기 뒤에서 날아든 우렁찬 외침이 귓전을 때렸다.

"예수를 믿으면 천국에 갈 것이고, 사탄을 숭배하면 지옥 불에 떨어질지어니!"

하필 내가 앉은 자리 바로 뒤쪽이 그분 고정석이었나 보더라. 그리고 그분은 매일 6시에 출근하시는 모양이었다. 아, 차라리 버스킹이었으면 좋았을 텐데….

'마, 됐다. 일이나 하러 가자.'

쩌렁쩌렁한 그분의 목소리를 뒤로하고 버스 정류장으로 향했다. 버스를 타기 전 마지막으로 바다를 휙 둘러보고, 서둘러 올라탄 버스에서는 다른 원고들을 기획했다. 그 후 카페에서 일을 하고, 밤에는 운동을 했다. 러닝머신 위에서 땀을 흘리며 문득 이런 생각을 했다. 이래서 여러 가지 일을 해야 하는 거라고.

슬퍼할 시간 따위는 없다. 난 할 일이 있다. 곧 유럽 여행도 실컷 할 것이다. 물론 가끔 좀 버겁다고 느껴도, 이렇게 많은 일들을 저글링하듯 굴리는 이유는 애초에 이것 때문이었다.

이거 떨어졌어? 잘 안 돼?
괜찮아. 난 다른 게 있으니까.

희한한 생각 같지만, 막상 좌절이 찾아오니 도움이 됐다. 그것도 아주 크게. 만약 내가 당장 할 일이 없었더라면, 당장 기분 전환할 여행 계획이 없었더라면, 아마 방구석에서 뒹굴며 술이나 퍼먹지 않았을까.

탈락을 알리자 가족들이 날 무척 안쓰럽게 보았다. 엄마와 아빠는 자꾸만 내 표정을 살폈다. 조카와 함께 오빠와 새언니가 케이크를 사 들고 왔다. 분명 내 것일 텐데, 갑자기 내가 떨어졌다고 말하니 급격히 그들의 표정이 굳었다. 케이크의 존재 이유는 돌연 '조카 탄생 10개월 기념'으로 탈바꿈했다. 여기에 더해, 유럽에는 내 눈치를 내내 살피는 남편까지 있었다.

피식 웃음이 나왔다. 그래, 나는 이렇게 사랑을 받고 있어. 그러니까 다 괜찮다. 다 괜찮지.

잔잔히 남아 있던 아쉬움이 완전히 사라진 건 엄마의 한마디 때문이었다.

"괜찮아. 계속 쓸 거잖아? 어차피."

수상은 못 했으나 이제 나는 괜찮았다. 엄마의 말씀처럼 어차피 계속 쓸 거니까. 언젠가 또 기회가 오겠지. 그러니 그냥 지금을 살면 된다. 열심히 여행하고, 열심히 쓰고. 열심히 하자. 정말 열심히 하자. 언젠가는 반짝이는 기회가 분명 올 테니까.

그래도 일단 경력란에 슬쩍 추가는 해본다.

제13회 교보 스토리대상 최종심 선정

수고했다. 나 자신!

타닥타닥, 집 근처 카페에서 흘러나오는 재즈에 맞춰 손가락을 리드미컬하게 놀린다. 늘 이어폰을 낀 채, 그날그날 선정한 전용 플레이리스트를 듣는 편이지만, 가끔은 이렇게 주위 소음을 배경음악 삼아 글을 쓰기도 한다.

일주일 전, 웹소설 담당 PD가 '쿠폰'을 보내주었다. 그건 무려 플랫폼에 게시된 내 첫 웹소설 작품의 작가용 무료 이용권이었다. 종이책을 출간하면 '작가 증정본'이라 해서 몇십 부가 작가에게 배송되는데, 전자책인 웹소설은 이런 식으로 증정되는 모양이었다.

바로 쿠폰을 등록한 뒤, 아이패드에 내 작품을 띄웠다.

아이패드로 내가 쓴 글을 보고 있다니, 가슴이 찌르르르했다. 감동이었다. 그러나 야속하게도 그 절절한 감동은 오래가지 않았다. 늦지 않게 발견된 오타 때문이었다. 웹소설 기성작가들이 말하는 '오타 자연발생설'은 거짓부렁이 아니었는지, 그렇게나 열심히 리뷰본과 교정고를 봤음에도 역시 몇몇 발견되었다. 아, 눈살이 그만 찌푸려졌다.

'이러면 안 되는데…. 독자분들 몰입에 방해될 텐데.'

한숨을 내쉬며 오타를 메모지에 정리했다. 출간했다고 끝이 아님을, 나는 출간 첫날 온몸으로 체감했다. 사실 눈에 크게 띄지도 않는 오타 몇 개쯤이야 그냥 넘어가도 될 일이었다. 독자들이 어련히 '흐린 눈'을 해주겠지, 마음을 편하게 고쳐먹을 수 있을 법도 했다.

'아니야. 안 되지. 돈 내고 보는 글인데… 절대 이럴 순 없지.'

하지만 역시 그런 이지한 마인드는 잘 먹어지지 않았다. 글에 관해서라면, 너무나 진심이 되었기 때문이다.

'잘하고 싶어. 정말 잘하고 싶어. 글이 완벽했으면 좋겠어. 남편은 내가 충분히 잘하고 있다지만 아니야, 부족해. 이것 봐, 오타 보라고. 나는 더 잘해야 해. 더더더더. 내가 그러고 싶어.'

그저 쓰고, 또 쓴다

남편과 약속한 2년 중에서 벌써 1년이 흘렀다. '글로 먹고 살기로 결심 2년 프로젝트' 기간의 절반이 꺾이는 동안 나는 '경력'이라 당당히 입에 올릴 수 있는 두 가지 성취를 이루어냈다. '웹소설 출간'과 '공모전 최종심 선정.' 후자는 입 밖으로 꺼낼 때 약간 더듬거리긴 해도, 그래도 명백한 성과다.

"그럼 돈은 얼마를 버는데?"

누군가 물으신다면 열심히 뺀질거리던 나의 입술은 덜 익은 조개처럼 꽉 다물릴 것이다. 아직 고정적인 수입이 없기 때문이다. 웹소설도 출간은 했다만 첫 정산도 받기 전일뿐더러, 최종심은 말 그대로 최종심 리스트에만 살짝 담겼다가 이내 소리 소문 없이 사라졌기에. '최종심 후보작이 되면 출판사 담당자들이 연락한다더라'는 말을 인터넷에서 보고 내심 기대했으나, 내게 그런 일은 일어나지 않았다. 고로 입을 꾹 다물 수밖에.

그러나 나는 기죽지 않는다. 사실 기죽긴 하지만, 그러지 않기로 다짐한다. 왜냐하면 나에게는 아직 프로젝트 기간의 나머지 반인, 무려 1년이라는 시간이 남아 있으니까.

첫 1년은 준비기, 이제 맞을 1년은 본격적으로 활동을 개시하는 시기로 만들 작정이다. 참으로 부담스럽게 '작정'이라는 거창한 단어를 쓰는 이유는 말 그대로 내가 정말 작정이라는 걸 했기 때문이다. 1년 동안 얼추 감을 잡았다. 내가 어느 장르에 강하고, 어떤 세계관을 잘 지어내는지. 그러니 남은 1년은 아예 다른 판이 펼쳐질 것이다.

첫 작품은 '치킨 값'이 벌린다는 웹소설이라지만, 그 치킨 값이라도 들어올 예정이고, 또 2026년 연초부터 새로이 시작되는 수많은 소설, 드라마, 영화 공모전들이 내 앞에 줄을 지어 나타날 것이다. 나는 공모 요강들을 차곡차곡 정리해서 '2026년 공모전 마감 달력'에 깔끔하게 정리하면 된다. 그리고 우직하게 달린다. 그저 다음 작품을 쓰고, 또 쓴다. 그게 오로지 내가 할 일이다.

신비롭고 아름다운 세계를 찾아

폭풍 같은 1년을 지나니, 몸도 마음도 한층 단단해졌음을 느낀다. 허망했던 체력은 규칙적인 운동으로 다스리고 있고, 얇은 종잇장처럼 아주 사소한 실패에도 내리 팔랑거렸던 연약한 마음은 이제 차가운 거절에도 '흥. 괜찮아. 다시 하면 돼' 하며 쿨한 콧방귀를 뀔 수 있는 제법 도도한 상태가 되었다.

홀로 싸운 1년간 많은 것을 배웠다. 그리고 더 많은 세계의 문이 열렸다. 이전까지는 상상도 못 했던 날들의 연속, 놀라움의 연속이었다. 그중에서도 가장 놀라운 건,

'아, 빨리 일어나고 싶다. 빨리 그 장면 쓰고 싶은데…'

종일 글을 쓰고 난 후 새벽에야 겨우 잠자리에 들면서도, 작품에 대한 고민으로 이불 속에서 발가락을 꼼지락거리거나 생각만 해도 흐뭇한 다음 장면들에 동동거리는 나 자신이었다.

내가 이렇게까지 무언가에 집중할 수 있는지, 몰입할 수 있는지, 또 무서우리만치 집요할 수 있는지 몰랐다. 나는 늘 바보 같고 허술하며 어리벙벙한 맹탕 인간이었는데, 지난 1년은 스스로를 달리 평가하는 계기가 되기도 했다. 여러모로 뜻 깊은 1년이었다.

고등학생 시절, 나는 정말 열심히 공부했다. 왜 그렇게 열심히 살았나? 되짚어보면 그런 노력에는 물론 '인서울'이라는 가시적인 목표가 큰 지분을 차지했겠지만, 더욱 깊게 박힌 근본적인 마음가짐은 이러했다.

'아침에 눈을 뜨면 설레는 삶을 살고 싶어.'

눈을 뜨고 감을 때까지 두근두근하는 삶. 나는 그런 걸 꿈꿨다. 그러려면 일단 좋은 대학에 들어가는 게 맞지 않나? 어린 나의 사고는 그런 식으로 흘렀다. 원하는 대학에 갔다는 사

실이 현재 내가 나와 꼭 맞는 이 '글쓰기'라는 일을 찾은 데 얼마나 도움이 되었는지는 모르겠다만, 어쨌든 돌고 돌아 그런 삶을 찾았으니 되었다. 아침에 눈을 뜨면 설레는, 그런 삶.

앞으로 또 어떤 지난한 시간들이 나를 기다리고 있을지 알수 없다. 분명 그럴 테지만, 나는 기꺼이 받아들일 준비가 되었다. 시련과 고난을 지나면, 또 다른 신비롭고 아름다운 세계가 나를 반길 테니까.

자신만의 퀘스트를 찾는 이들에게

<불량소녀, 너를 응원해!>라는 제목의 일본 영화가 있습니다. 제가 가장 좋아하는 영화 중 하나죠. 공부는 일절 안 하고 그저 친구들과 노는 것만 즐기던 고등학생 사야카가 주변의 응원에 힘입어 명문대 진학을 꿈꾸게 되고, 그 목표에 도달하는 지난한 과정이 이 영화의 중심 스토리입니다. 말괄량이 같은 제목처럼 이 영화가 담고 있는 내용도, 등장인물들과 그들이 만들어내는 극의 분위기도 무지개처럼 알록달록하고 경쾌합니다.

그런 알록달록 무지개를 보며 저는 울었습니다. 그것도 아주 꼴사납게 펑펑. 지금까지 최소 다섯 번은 봤을 텐데, 볼 때

마다 질질 흐르는 눈물로 얼굴이 흠뻑 젖어들곤 합니다. 이미 성인이 되어 사야카가 도전하는 그 '대입'이라는 건 제가 한참 전에 밟고 지나간, 이제는 전혀 상관도 없는 소재인데도 그랬습니다.

영화를 보며 흘린 눈물의 의미, 그것은 깊게 생각할 필요도 없이 사야카로부터 받은 용기와 위로였습니다.

특히 사야카가 제 천성을 거스르며 참 열심히는 하는데, 필연적인 한계에 부딪혀 좌절하고 절망하는 부분들이 있습니다. 꼴등이 갑자기 전교 1, 2등을 목표로 잡았으니 당연히 그래야 했죠. 사야카에게 닥치는 시련과 고난이 꽤 많습니다.

저는 그 장면들을 되감기하고 또 되감기했어요. 타인이 힘들어하는 모습을 반복 재생하다니… 떼잉, 쯧! 멀리서 악인을 찾을 필요가 없구만, 그래? 손가락질을 당할 법도 하지만 저는 어쩔 수 없었습니다. 그게 참 큰 위로였거든요.

'아, 나만 힘든 게 아니구나. 나만 이렇게 다 안 되는 게 아니고, 세상이 나만 버린 게 아니야. 다 이래. 다 그래. 당연한 과정이야. 그러니 나도 할 수 있어. 버틸 수 있어. 이룰 수 있어.'

그렇게 용기를 얻었습니다.

그리고 바로 이것이, 제가 이 책을 쓰게 된 이유입니다.

그토록 갈망하던 나의 별천지

혹시 이 책을 읽고 있는 독자분들 중에 지금 좌절한 상태이거나, 해보고 싶은 무언가에 용기를 내지 못하겠거나, 어떤 일에 지레 겁부터 먹고 '아니야. 나는 안 될 거야. 못 해' 하며 다시 이불 속으로 들어가려는 분 계실까요?

만약 그렇다면, 반가움의 악수를 청하고 싶습니다. 저는 그런 분들을 위해 이 책을 썼으니까요.

무수입 백수로 살 적, 저는 스스로를 남편에게 얹혀사는 기생충이라 불렀습니다. 아무리 비영어권 유럽에 살고 있다 한들 찾아보면 어떻게든 돈을 벌 수 있는 방법이 있었을 텐데, '좋아하는 일'을 해야 한다는 불굴의 고집을 꺾지 않는 저 자신이 꼴 보기 싫었고, 그러면서 그 좋아한다는 글로 어떻게 제대로 수익을 낼 것인가에 대한 고민도 깊게 하지 않는 스스로가 벌레 같았습니다.

매일 같은 시간에 출퇴근하면서 힘들게 일하는 남편을 안쓰러워하고 미안해하면서도 '나는 내가 해야 하는 일, 확실히 잘하는 일을 하면서 살고 싶다'고 생각했습니다. 위선적이었고, 하찮았죠.

예전부터 남편은 저에게 다양한 도전을 해보라고 말했습

니다. 지금 운영하는 블로그로도 돈을 벌 수 있고, 에세이 말고 다른 글도 써보고, 여행기도 아예 플랫폼을 꾸려서 제대로 해보라는 신박한 제안도 했었죠. 그런데 저는 거부했습니다. 새로운 걸 하기에는 너무 낡고 지쳤다는 뻔한 핑계를 댔지만, 사실 그건 '내가 그런 걸 어떻게 해. 나 같은 게' 하는 막연한 두려움에 기반한 겁 때문이었습니다.

하지만 심호흡을 깊게 하고, 딱 한 발짝만 앞으로 나오니 완전히 다른 세계가 펼쳐졌습니다. 익숙한 에세이, 여행기에서 그저 살짝 더 나아갔던 것뿐인데 저는 어느새 별이 우수수 쏟아지는 반짝반짝 신세계에 들어와 있었습니다.

그 과정에서 정말 많이 울고, 속을 끓이고, 세상을 향해 엿을 던지다가 끝내 멍청한 스스로에게 화살을 돌리며 자책하고, 홀로 좌절하고 또 절망하기 일쑤였지만, 뭐 어떻습니까. 평생 그렇게 갈망하고 갈망하던 별천지를 만났는데요.

영희야, 너를 응원해!

'할 수 있어!'

저는 이 뻔한 말을 좋아하지 않습니다. 뭘 할 수 있다는 건지. 어떻게든 노력하면 알아준다, 어떻게든, 어떤 식으로든 진심이 닿을 거다, 이런 말을 들을 때면 위로를 받기는커녕 그 '어떻게든'의 구체적인 방법을 알려주지 않는 세상이 그저 미웠습니다. 그래서 하고 싶지 않았습니다. 하고 싶지 않았는데, 하긴 해야겠습니다. 여기까지 읽으셨다면 제가 감히 "할 수 있어요!"라는 말을 할 자격이 1퍼센트는 있다는 것을 인정해주셔야 하지 않겠습니까!

그러니까요, 여러분. 할 수 있습니다. 못 하겠어도, 못 할 것 같아도 일단 해보세요. 분명 할 수 있습니다. 비단 '글'뿐만이 아닙니다. 글은 저의 별천지고, 여러분은 여러분만의 별천지가 따로 있어요. 분명 있습니다. 꼭 그게 아니더라도 전부 다, 세상에 존재하는 과연 모든 일에 다 도전할 수 있습니다. 아무것도 가진 게 없어도, 맨땅에 헤딩으로 일단 해보세요. 해보면 어떤 일이 일어날지 몰라요.

할 수 있어요. 우리 해봅시다. 어떻게든.

숱한 어려움에도 부득부득 견디고 버티며, 끝내 목표를 이루어낸 영화 속 사야카처럼, 저는 앞으로도 계속 빽빽이 우거지고 앞이 보이지 않는 덤불을 열심히 헤치며 달려나갈 겁니다. 그리고 여러분들도 그래야 할 겁니다. 중간중간 어두운 감정의 소용돌이에 휩쓸리고 엉엉 울고불고 머리털을 다 쥐어뜯는 등

난리 블루스를 치겠지만, 이전에는 경험하지 못했던 알록달록 무지갯빛 감정들이 반드시 찾아와서 구해줄 테니까요. 너무 걱정은 하지 마세요.

제 작품들 속 주인공들도 사야카 같은 친구들이 많은 편인데요, 최근작의 주인공 영희도 그렇습니다. 제가 만든 이야기 속에서 '기승전' 동안은 영희가 온갖 풍파를 맞게 하지만, '결'에서는 반드시 보상을 줍니다. 그게 맞다고 생각하고, 끝까지 포기하지 않은 영희에게는 충분히 그럴 자격이 있다고 보니까요.

저는 세상의 모든 영희가 저마다의 별천지 신세계를 찾아가길 바랍니다. 그 과정이 힘들지 않다고는 장난으로라도 말할 수 없겠지만, 분명 재미는 있을 겁니다. 그러니 우리 같이 해봅시다. 저는 무조건 여러분의 편입니다.

여러분의 즐거운 모험을 응원합니다!

30대 백수, 작가 퀘스트에 입장하십니다

1판 1쇄 인쇄 2026년 4월 17일
1판 1쇄 발행 2026년 4월 30일
—

지은이 이다희
—

펴낸이 백성빈
펴낸곳 반니출판
주소 서울 서초구 서초중앙로 69 806호
전화 02-6204-0491
전자우편 banni@banni.co.kr
출판등록 2025년 10월 13일 (제2025-000266호)
—

ISBN 979-11-24280-74-4 03810
—

책값은 뒤표지에 있습니다.
잘못된 책은 구입하신 곳에서 교환해드립니다.

**3O대 백수,
작가 퀘스트에 입장하십니다**